Lo bello y lo sublime

Fundamentación de la metafísica de las costumbres

Lo bello y lo sublime

Fundamentación de la metafísica de las costumbres

Immanuel Kant

Grupo Editorial Tomo, S. A. de C. V.
Nicolás San Juan 1043
03100 México, D. F.

1a. edición, mayo 2004.

© *Lo Bello y lo Sublime / Fundamentación de la Metafísica de las Costumbres*
Immanuel Kant

© 2004, Grupo Editorial Tomo, S.A. de C.V.
Nicolás San Juan 1043, Col. Del Valle
03100 México, D.F.
Tels. 5575-6615, 5575-8701 y 5575-0186
Fax. 5575-6695
http://www.grupotomo.com.mx
ISBN: 970-666-961-2
Miembro de la Cámara Nacional
de la Industria Editorial No. 2961

Traducción: Luis Rutiaga
Diseño de Portada: Trilce Romero
Formación tipográfica: Luis Rutiaga
Supervisor de producción: Leonardo Figueroa

Impreso en México - *Printed in Mexico*

Prólogo

Immanuel Kant nació en 1724 y murió en 1804, filósofo alemán, considerado por muchos como el pensador más influyente de la Era moderna.

Nacido en Königsberg (ahora, Kaliningrado, Rusia) el 22 de abril de 1724, Kant se educó en el Collegium Fredericianum y en la Universidad de Königsberg. En la escuela estudió sobre todo a los clásicos y en la Universidad, física y matemáticas. Tras la muerte de su padre, tuvo que abandonar sus estudios universitarios y ganarse la vida como tutor privado. En 1755, ayudado por un amigo, reanudó sus estudios y obtuvo el doctorado. Después, enseñó en la Universidad durante 15 años, y dio conferencias primero de ciencia y matemáticas, para llegar de forma paulatina a disertar sobre casi todas las ramas de la filosofía.

Aunque las conferencias y escritos de Kant durante este periodo le dieron reputación como filósofo original, no se le concedió una cátedra en la Universidad hasta 1770, cuando se le designó profesor de lógica y metafísica. Durante los 27 años siguientes continuó dedicado a su labor profesoral y atrayendo a un gran número de estudiantes a Königsberg. Las enseñanzas religiosas nada ortodoxas de Kant, que se basaban más en el racionalismo que en la revelación divina, le crearon problemas con el Gobierno de Prusia y en 1792 Federico Guillermo II, rey de esa nación, le prohibió impartir clases o escribir sobre asuntos religiosos. Kant obedeció esta orden durante cinco años, hasta la muerte del rey, y entonces se sintió liberado de su obligación. En 1798, ya retirado de la docencia universitaria, publicó un epítome donde se contenía una expresión de sus ideas de materia religiosa. Murió el 12 de febrero de 1804.

Filosofía de Kant

La piedra angular de la filosofía de Kant, a veces llamada filosofía crítica, está recogida en su *Crítica de la razón pura* (1781), en la que examinó las bases del conocimiento humano y creó una epistemología individual. Al igual que los primeros filósofos, Kant diferenciaba los modos de pensar en proposiciones analíticas y sintéticas. Una proposición analítica es aquella en la que el predicado está contenido en el sujeto, como en la afirmación "las casas negras son casas". La verdad de este tipo de proposiciones es evidente, porque afirmar lo contrario supondría plantear una proposición contradictoria. Tales proposiciones son llamadas analíticas porque la verdad se descubre por el análisis del concepto en sí mismo. Las proposiciones sintéticas, en cambio, son aquellas a las que no se puede llegar por análisis puro, como en la expresión "la casa es negra". Todas las proposiciones comunes que resultan de la experiencia del mundo son sintéticas.

Las proposiciones, según Kant, pueden ser divididas también en otros dos tipos: *empírica*, o *a posteriori*, y *a priori*. Las proposiciones empíricas dependen tan sólo de la percepción, pero las proposiciones a priori tienen una validez esencial y no se basan en tal percepción. La diferencia entre estos dos tipos de proposiciones puede ser ilustrada por la empírica "la casa es negra" y la a priori "dos más dos son cuatro". La tesis de Kant en la Crítica consiste en que resulta posible formular juicios sintéticos a priori. Esta posición filosófica es conocida como trascendentalismo. Al explicar cómo es posible este tipo de juicios, Kant consideraba los objetos del mundo material como incognoscibles en esencia; desde el punto de vista de la razón, sirven tan sólo como materia pura a partir de la cual se nutren las sensaciones. Los objetos, en sí mismos, no tienen existencia, y el espacio y el tiempo pertenecen a la realidad sólo como parte de la mente, como intuiciones con las que las percepciones son medidas y valoradas.

Además de estas intuiciones, Kant afirmó que un número de conceptos a priori, llamados categorías, también existen. Dividió las categorías en cuatro grupos: los relativos a la cantidad, que son unidad, pluralidad y totalidad; los relacionados con la cualidad, que son realidad, negación y limitación; los que conciernen a la relación, que son sustancia-y-accidente, causa-y-efecto y reciprocidad; y los que tienen que ver con la modalidad, que son posibilidad, existencia y necesidad. Las intuiciones y las categorías se pueden emplear para hacer juicios sobre experiencias y percepciones, pero, según Kant, no pueden emplearse para que se apliquen sobre ideas abstractas o conceptos cruciales como libertad y existencia sin que lleven a inconsecuencias en la forma de binomios de proposiciones contradictorias, o antinomias, en las que ambos elementos de cada par pueden ser probados como verdad.

En la Metafísica de la ética (1797) Kant describe su sistema ético, basado en la idea de que la razón es la autoridad última de la moral. Afirmaba en sus páginas que los actos de cualquier clase han de ser emprendidos desde un sentido del deber que dictase la razón, y que ningún acto realizado por conveniencia o sólo por obediencia a la ley o costumbre puede considerarse como moral. Kant describió dos tipos de órdenes dadas por la razón: el imperativo hipotético que dispone un curso dado de acción para lograr un fin específico; y el imperativo categórico que dicta una trayectoria de actuación que debe ser seguida por su exactitud y necesidad. El imperativo categórico es la base de la moral y fue resumido por Kant en estas palabras claves: "Actúa de forma que la máxima de tu conducta pueda ser siempre un principio de Ley natural y universal".

Las ideas éticas de Kant son el resultado lógico de su creencia en la libertad fundamental del individuo, como manifestó en su *Crítica de la razón práctica* (1788). No consideraba esta libertad como la libertad no sometida a las leyes, como en la anarquía, sino más bien como la libertad del gobierno de sí mismo, la libertad para obedecer en conciencia las leyes del universo como se revelan por la razón. Creía que el bienestar de cada individuo sería considerado, en sentido estricto, como un fin en sí mismo y que el mundo progresaba hacia una sociedad ideal donde la razón "obligaría a todo legislador a crear sus leyes de tal manera que pudieran haber nacido de la voluntad única de un pueblo entero, y a considerar todo sujeto, en la medida en que desea ser un ciudadano, partiendo del principio de si ha estado de acuerdo con esta voluntad". En su tratado *La paz perpetua* (1795) Kant aboga por el establecimiento de una federación mundial de Estados republicanos.

Kant ha tenido mayor influencia que ningún otro filósofo de la Era moderna. La filosofía kantiana, y en especial como la desarrolló el filósofo alemán Georg Wilhelm Friedrich Hegel, estableció los cimientos sobre los que se edificó la estructura básica del pensamiento de Karl Marx. El método dialéctico, utilizado tanto por Hegel como por

Karl Marx, fue un desarrollo del método de razonamiento articulado por antinomias que Kant aplicó. El filósofo alemán Johann Fichte, alumno de Kant, rechazó la división del mundo de su maestro en partes objetivas y subjetivas, y elaboró una filosofía idealista que también influyó de una forma notable en los socialistas del siglo XIX. Uno de los sucesores de Kant en la Universidad de Königsberg, Johann Friedrich Herbart, incorporó algunas de las ideas kantianas a sus sistemas de pedagogía.

Además de sus trabajos sobre filosofía, Kant escribió numerosos tratados sobre diversas materias científicas, sobre todo del área de la geografía física. Su obra más importante en este campo fue *Historia universal de la naturaleza y teoría del cielo* (1755), en la que anticipaba la hipótesis de la formación del universo a partir de una nebulosa originaria, hipótesis que fue más tarde desarrollada por Pierre de Laplace.

Obras

Historia general de la naturaleza y teoría del cielo (Allgemeine Naturgeschichte und Theorie des Himmels, 1755)

Crítica de la razón pura (Kritik der reinen Vernunft, 1781)

Prolegómenos a toda metafísica futura que pueda presentarse como ciencia (Prolegomena zu einer jeden künftigen Metaphysik, die als Wissenschaft wird auftreten können, 1783)

Fundamentación de la metafísica de las costumbres (Grundlegung zur Metaphysik der Sitten, 1785)

Principios metafísicos de la ciencia natural (Metaphysische Anfangsgründe der Naturwissenschaft, 1786)

Crítica de la razón práctica (Kritik der praktischen Vernunft, 1788)

Crítica del juicio (Kritik der Urteilskraft, 1790)

La religión dentro de los límites de la mera razón (Die Religion innerhalb der Grenzen der blossen Vernunft, 1793)

Para la paz perpetua (Zum ewigen Frieden, ein philosophischer Entwurf, 1795)

El conflicto de las facultades (Der Streit der Fakultäten, 1798)

Sus últimos escritos no publicados son recogidos bajo el título *Transición desde los primeros fundamentos metafísicos de la ciencia natural a la Física*, y publicados en 1888. En 1920, se publicaron como *Opus postumum*.

Luis Rutiaga

Lo bello y lo sublime

Observaciones sobre el sentimiento de lo bello y lo sublime

Con el título de *Observaciones sobre el sentimiento de lo bello y lo sublime* publicó Kant en Komgsbey (1764) este ensayo de variado y atrayente contenido. Numerosas ediciones sueltas se han hecho de este encantador tratadito, sin contar las varias ediciones de las obras completas del autor.

Más que de estética, en el sentido estricto de la palabra, tratan las *Observaciones sobre el sentimiento de lo bello y lo sublime* de asuntos varios, moral, psicología, descripción de los caracteres individuales y nacionales; en suma, de toda suerte de temas interesantes que pueden ocurrirse alrededor del asunto principal. Está escrito en estilo fácil y cómodo —extraña excepción en la obra de Kant—, lleno de ingenio, alegría, penetración, con una sencillez encantadora. Se comprende fácilmente que un crítico haya podido comparar a Kant —refiriéndose a esta obra con "La Bruyère", el autor de los *Caracteres*.

En este ensayo es donde Kant ataca por primera vez el problema estético, y aunque sus ideas fundamentales acerca del arte y la belleza se hallan sistemáticamente expuestas en su obra posterior, la *Crítica del Juicio*, tienen, sin embargo, las *Observaciones sobre el sentimiento de lo bello y lc sublime* cierto interés para el conocimiento de los orígenes de la estética kantiana. Pero sobre todo constituyen, como hemos dicho, una serie de delicadas ocurrencias, de certeras observaciones, de agudas críticas, sin el aparato solemne de la exposición didáctica.

I

Sobre los diferentes objetos del sentimiento de lo sublime y de lo bello

Las diferentes sensaciones de contento o disgusto descansan, no tanto sobre la condición de las cosas externas que las suscitan, como sobre la sensibilidad peculiar a cada hombre para ser grata e ingratamente impresionado por ellas. De ahí proviene que algunos sientan placer con lo que a otros produce asco; de ahí la enamorada pasión, que es a menudo para los demás un enigma, y la viva repugnancia sentida por éste hacia lo que para aquél deja por completo indiferente. El campo de las observaciones de estas particularidades de la naturaleza humana es muy amplio, y oculta aún buena copia de descubrimientos tan interesantes como instructivos. Por ahora dirigiré mi mirada sobre algunos puntos que parecen particularmente destacarse en este terreno, y más con el ojo de un observador que de un filósofo.

Como todo hombre sólo se siente feliz en tanto que satisface sus inclinaciones, la sensibilidad que le capacita para disfrutar grandes placeres sin exigir aptitudes excepcionales, no es tampoco cosa baladí. Las personas de fisiología exuberante, para quienes el más ingenioso autor es el cocinero, y las obras de más exquisito gusto se encuentran en la bodega, se entregarán a oír comunes y equívocos chascarrillos con alegría tan viva como aquella de que tan orgullosas se sienten personas de sensibilidad elevada. Un buen señor, que gusta de leer libros porque con ello concilia mejor el sueño; el comerciante, para quien todo placer es mezquino si se exceptúa el que disfruta un hombre avisado cuando calcula sus ganancias; aquel otro, que sólo ama al sexo femenino porque lo incluye entre las cosas disfrutables; el aficionado a la caza, ya sea de moscas, como Domiciano, o de fieras, como A., todos ellos tienen una sensibilidad que les permite gustar placeres a su modo, sin necesidad de envidiar otros y sin que puedan formarse idea de otros. Pero dejemos ahora esto fuera de nuestra atención. Existe, además, un sentimiento de naturaleza más fina, llamado así, bien porque tolera ser disfrutado más largamente, sin saciedad ni agotamiento, bien porque supone en el alma una sensibilidad que la hace apta para los movimientos virtuosos, o porque pone de manifiesto aptitudes y ventajas intelectuales, mientras los otros son compatibles con una completa indigencia mental. Éste es el sentimiento que me propongo considerar en algunos de sus aspectos. Excluyo, sin embargo, aquella inclinación que va unida a las sublimes intuiciones del entendimiento y aquel atractivo que sabía percibir la impresión de que era capaz un Kepler cuando, como Bayle refiere, no hubiera cambiado uno de sus descubrimientos por un principado. Es esta afección excesivamente fina para entrar dentro del presente ensayo, destinado sólo a tratar la emoción sensible de que las almas más comunes son también capaces.

Este delicado sentimiento que ahora vamos a considerar es principalmente de dos clases: el sentimiento de lo sublime y el de lo bello. La emoción es en ambos agradable, pero de muy diferente modo. La vista de una montaña cuyas nevadas cimas se alzan sobre las nubes, la descripción de una tempestad furiosa o la pintura del infierno por Milton, producen agrado, pero unido a terror; en cambie, la contemplación de campiñas floridas, valles con arroyos serpenteantes, cubiertos de rebaños pastando; la descripción del Elíseo o la pintura del cinturón del Venus en Homero, proporcionan también una sensación agradable, pero alegre y sonriente. Para que aquella impresión ocurra en nosotros con fuerza apropiada, debemos tener un sentimiento de lo sublime; para disfrutar bien la segunda, es preciso el sentimiento de lo bello. Altas encinas y sombrías soledades en el bosque sagrado, son sublimes; platabandas de flores, setos bajos y árboles recortados en figuras, son bellos.

La noche es sublime, el día es bello. En la calma de la noche estival, cuando la luz temblorosa de las estrellas atraviesa las sombras pardas y la luna solitaria se halla en el horizonte, las naturalezas que posean un sentimiento de lo sublime serán poco a poco arrastradas a sensaciones de amistad, de desprecio del mundo y de eternidad. El brillante día infunde una activa diligencia y un sentimiento de alegría. Lo sublime, conmueve; lo bello, encanta. La expresión del hombre, dominado por el sentimiento de lo sublime, es seria; a veces fija y asombrada. Lo sublime presenta a su vez diferentes caracteres. A veces le acompaña cierto terror o también melancolía, en algunos casos meramente un asombro tranquilo, y en otros un sentimiento de belleza extendida sobre una disposición general sublime. A lo primero denomino lo sublime terrorífico, a lo segundo lo noble, y a lo último lo magnífico. Una soledad profunda es sublime, pero de naturaleza terrorífica.

De ahí que los grandes, vastos desiertos, como el inmenso Chamo en la Tartaria, hayan sido siempre el escenario en que la imaginación ha visto terribles sombras, duendes y fantasmas.

Lo sublime ha de ser siempre grande; lo bello puede ser también pequeño. Lo sublime ha de ser sencillo; lo bello puede estar engalanado. Una gran altura es tan sublime como una profundidad; pero a ésta acompaña una sensación de estremecimiento, y a aquélla una de asombro; la primera sensación es sublime, terrorífica, y la segunda, noble. La vista de las pirámides egipcias impresiona, según Hamlquist refiere, mucho más de lo que por cualquier descripción podemos representarnos; pero su arquitectura es sencilla y noble. La iglesia de San·Pedro en Roma es magnífica. En su traza, grande y sencilla, ocupa tanto espacio la belleza —oro, mosaico—, que a través de ella se recibe la impresión de lo sublime, y el conjunto resulta magnífico. Un arsenal debe ser sencillo; una residencia regia, magnifica, y un palacio de recreo, bello.

Un largo espacio de tiempo, es sublime. Si corresponde al pasado, resulta noble; si se le considera en un porvenir incalculable, contiene algo de terrorífico. Un edificio de la más remota antigüedad, es venerable. La descripción hecha por Halles de la eternidad futura, infunde un suave terror; la de la eternidad pasada, un asombro inmóvil.

II
Sobre las propiedades de lo sublime y de lo bello en el hombre en general

La inteligencia es sublime; el ingenio, bello; la audacia es grande y sublime; la astucia es pequeña, pero bella. "La circunspección —decía Cronwell— es una virtud de alcalde". La veracidad y la rectitud son sencillas y nobles; la broma y la lisonja obsequiosas son finas y bellas. La amabilidad es la belleza de la virtud. La solicitud desinteresada es noble. La cortesía y la finura son bellas. Las cualidades sublimes infunden respeto; las bellas, amor. Los que sienten principalmente lo bello, sólo en casos de necesidad buscan sus amigos entre los hombres rectos, constantes y severos; prefieren tratarse con gentes bromistas, amables y corteses. Se estima a algunos demasiado para que pueda amárseles. Infunden asombro, pero están demasiado por encima de nosotros para que podamos acercarnos a ellos con la confianza del amor.

Aquellos en quienes se dan unidos ambos sentimientos, hallarán que la emoción de lo sublime es más poderosa que la de lo bello; pero que si ésta no la acompaña o alterna con ella, acaba por fatigar y no puede ser disfrutada por tanto tiempo. Los elevados sentimientos a que a veces se exalta la conversación de una sociedad escogida deben tener sus intermedios de broma regocijada, y las alegrías rientes deben formar, con los rostros conmovidos y serios, el hermoso contraste en que alternan espontáneamente ambos sentimientos. La amistad presenta principalmente el carácter de lo sublime; el amor sexual, el de lo bello. La delicadeza y el respeto profundo dan, sin embargo, a éste último cierta dignidad y elevación, mientras las bromas traviesas y la confianza le acentúan el carácter bello. La tragedia se distingue, en mi sentir, principalmente de la comedia en que la primera excita el sentimiento de lo sublime, y la segunda el de lo bello. En la primera se nos muestra el magnánimo sacrificio en aras del bien ajeno, la decisión audaz y la fidelidad probada. El amor es en ella melancólico, delicado y lleno de respeto; la desdicha de los demás despierta en el espectador sentimientos compasivos y hace latir su corazón con desdichas extrañas. Nos sentimos dulcemente conmovidos y vemos íntimamente la dignidad de nuestra propia naturaleza. La comedia, en cambio, presenta sutiles intrigas, confusiones asombrosas, gentes despiertas que saben salir de apuro, tontos que se dejan engañar, bromas y caracteres ridículos. El amor no es aquí tan triste, sino alegre y confiado. Lo mismo que en otros casos, sin embargo, puede en este hacerse compatible hasta cierto grado lo noble con lo bello.

Hasta los vicios y los defectos morales contienen a veces en sí algunos rasgos de lo sublime o de lo bello; por lo menos así aparecen a nuestro sentimiento sensible, prescindiendo del juicio que puedan merecer a ojos de la razón. La cólera de un hombre terrible es sublime; tal la de Aquiles en la Ilíada. En general, el héroe de Homero tiene una sublimidad terrible, y el de Virgilio, noble. El vengar una gran ofensa de un modo claro y atrevido tiene en sí algo de grande, y por ilícito que pueda ser, produce, al ser referido, una emoción al mismo tiempo terrorífica y placentera. Sorprendido Schach Nadir en su tienda por algunos conjurados, exclamó, según refiere Hamway, después de haber recibido ya algunas heridas, defendiéndose a la desesperada: "¡Piedad! Los perdonaré a todos". Uno de ellos respondió, levantando el sable: "Tú no has mostrado compasión ninguna, y tampoco la mereces". La temeridad decidida de un granuja es muy peligrosa; pero cuando la oye uno referir, impresiona, y aunque el héroe vaya a terminar en una muerte vil, la ennoblece en cierto modo cuando marcha a ella arrogante y despectivo. Por otro lado, en un proyecto astuto, aunque su objeto sea una picardía, hay algo fino y excita la risa. El deseo de seducir o coquetería, en un sentido delicado, es decir, de admitir las atenciones y excitarlas, es acaso censurable en una persona amable ya de por sí, pero resulta, con todo, bello y comúnmente preferible a la actitud grave y seria.

La figura de las personas que agradan por su aspecto externo reviste, ya uno, ya el otro género de sentimiento. Una elevada estatura conquista prestigio y respeto; una pequeña, confianza. El cabello obscuro y los ojos negros tienen más afinidad con lo sublime; los ojos azules y el tono rubio, más con lo bello. Una edad avanzada se une más bien con los caracteres de lo sublime; en cambio, la juventud, con los de lo bello. Lo mismo ocurre con la diferencia de clases sociales, y hasta la indumentaria puede influir en la diferente calidad de estas impresiones, que aquí sólo tocamos de pasada. Las personas altas y de apariencia deben procurar en sus trajes la sencillez, o a lo más, la magnificencia; las pequeñas pueden usar de adornos y perifollos. A la vejez convienen los colores obscuros y la uniformidad; la juventud brilla en los colores claros y las formas de contrastes inanimados. Entre las clases sociales, a igualdad de fortuna y rango, deben los eclesiásticos mostrar la mayor sencillez, y el hombre de estado la mayor magnificencia. El chichisbeo puede adornarse como guste.

En las circunstancias externas de felicidad existen también, por lo menos en la imaginación de los hombres, algo que cae dentro de estas emociones. Un alto nacimiento y un título inclinan a los hombres al respeto. La riqueza, aun sin merecimientos, inspira reverencia hasta a gentes desinteresadas, porque acaso les sugiere la idea de los grandes proyectos que permite realizar. Este respeto aprovecha en ocasiones a mucho rico granuja que jamás realizará tales cosas, y no tiene la menor sospecha del noble sentimiento que sólo puede hacer estimable la riqueza. Lo que acrecienta lo malo de la pobreza es el menosprecio, que ni aun con merecimientos puede ser borrado por completo, al menos ante los ojos vulgares, a no ser que rango y título engañen este sentimiento grosero y lo falseen ventajosamente para él en cierto modo.

Nunca se encuentran en la naturaleza humana cualidades loables sin que al mismo tiempo las degeneraciones de las mismas no terminen por infinitas gradaciones en la imperfección más extrema. La cualidad de lo sublime terrible, cuando se hace completamente monstruoso, cae en lo extravagante

Cosas fuera de lo natural, por cuanto en ellas se pretende lo sublime, aunque poco o nada se consiga, son las monstruosidades. Quien guste de lo extravagante o crea en él, es un fantástico. La inclinación a lo monstruoso origina el chiflado (grillenfänger). Por otra parte, el sentimiento de lo bello degenera cuando en él falta por completo lo noble, y entonces se le denomina frívolo. A una persona masculina de este género, cuando es joven, se le conoce por un lechuguino; en la edad madura es un fatuo; y como lo elevado o sublime es más necesario que nunca en la vejez, resulta que un viejo verde es la más despreciable criatura de la creación, así como un joven chiflado la más antipática e insoportable. Las bromas y la jovialidad entran en el sentimiento de lo bello. Con todo, puede en ellas transparentarse bastante inteligencia, y en este sentido resultan más o menos afines con lo sublime. Aquel en cuya jovialidad esta mezcla es imperceptible, desbarra. Y si esto le sucede de continuo, acaba en mentecato. Fácilmente se advierte que también gentes avisadas desbarran a veces, y que no se necesita poco ingenio para jugar con el entendimiento sin dar alguna vez una nota falsa. Aquel cuya conversación ni divierte ni conmueve, es un fastidioso, y si además se esfuerza en conseguir ambas cosas, resulta un insípido. Cuando el insípido es, además, un envanecido, viene a parar en tonto

Con algunos ejemplos voy a hacer algo más inteligible este extraño compendio de las debilidades humanas; quien carece del buril de Hogarth tiene que suplir con la descripción las deficiencias de la expresión en el dibujo. El arrostrar audazmente los peligros por nuestros derechos, por los de la patria o por los de nuestros amigos, es sublime. Las cruzadas, la antigua caballería, eran extravagantes; los duelos, resto desdichado de ella, originado de un equivocado concepto del honor, son monstruosos. Un melancólico alejamiento del mundano bullicio a consecuencia de un fastidio legítimo, es noble. La devoción solitaria de los antiguos eremitas, era extravagante. Los conventos y los sepulcros de tal género para encerrar santos vivos, son monstruosos. El dominio de las pasiones en nombre de principios, es sublime. Las mortificaciones, los votos y otras virtudes monacales, son más bien cosas monstruosas. Entre las obras del ingenio y del sentimiento delicado, las poesías épicas de Virgilio y Klopstock, se quedan en lo noble; las de Homero y Milton, caen en lo extravagante. Las metamorfosis de Ovidio, son monstruosas, y los cuentos de hadas de la superstición francesa, son las más lamentables monstruosidades jamás imaginadas. Las poesías anacreónticas están a menudo muy cerca de lo frívolo.

Las obras de la razón y del entendimiento penetrante, en cuanto sus objetos, encierran también algo de sentimiento, participan en cierto modo de las indicadas diferencias. La representación matemática de la magnitud inconmensurable del universo, las consideraciones de la metafísica acerca de la eternidad, de la providencia, de la inmortalidad de nuestra alma, contienen un cierto carácter sublime y majestuoso. En cambio, hay muchas sutilezas vanas que desfiguran la filosofía. La apariencia de profundidad no impide que las cuatro figuras silogísticas merezcan ser contadas entre las monstruosidades de escuela.

En las cualidades morales sólo la verdadera virtud es sublime. Existen algunas, sin embargo, que son amables y bellas, y en cuanto armonizan con la virtud pueden ser consideradas como nobles, aunque no deba incluírselas en la intención virtuosa. El juicio sobre esto es sutil y complicado. No puede, ciertamente, denominarse virtuoso el estado de ánimo del cual se originan actos que también la virtud inspiraría, porque los motivos que inspiran tales actos, aunque casualmente coinciden con la virtud, pueden, por su naturaleza, entrar a menudo en conflicto con las reglas generales de la virtud. Una cierta blandura, que fácilmente lleva a un cálido sentimiento de compasión, es bella y amable, pues muestra una bondadosa participación en el destino de otros hombres, a la que llevan igualmente los principios de la virtud. Pero esta buena pasión es débil y siempre ciega. Supongamos que tal sentimiento les mueve a socorrer con sus recursos a un necesitado en ocasión en que debemos a otros, y por tanto nos incapacitamos para cumplir el estricto deber de la justicia; el acto no puede nacer de ningún principio moral, porque siguiendo éste nunca nos veríamos excitados a sacrificar una obligación superior a este ciego impulso. Si, en cambio, la general benevolencia hacia el género humano se ha convertido en un principio dentro de ustedes, al cual subordinan siempre sus actos, perdura entonces el amor al necesitado, pero es puesto, desde un superior punto de vista, en la verdadera relación con la totalidad de sus deberes. La benevolencia es un fundamento de la participación en su desdicha, pero también de la justicia, y, según la prescripción de ésta, renuncia al acta en el caso presente. Pero ocurre que al ser exaltado este sentimiento a una debida generalidad, si bien se hace sublime, resulta, en cambio, más frío. No es posible que nuestro pecho se interese delicadamente por todo hombre, ni que toda pena extraña despierte nuestra compasión. De otro modo, el virtuoso estaría, como Heráclito, continuamente deshecho en lágrimas, y con toda su bondad no vendría a ser más que un holgazán tierno.

El segundo género del sentimiento bondadoso, ciertamente bello y amable, pero que no sirve de base suficiente a una verdadera virtud, es la cortesía, por la cual nos sentimos inclinados a mostrarnos agradables con los otros mediante la amistad, la aquiescencia a sus deseos y la ecuación de nuestra conducta con su manera de pensar. Este fundamento de una encantadora sociabilidad es hermoso, y tan blanda condición es señal de naturaleza bondadosa. Pero tan lejos está de ser una virtud, que si principios superiores no ponen sus barreras y lo debilitan, puede ser origen de todos los vicios. Aun sin contar que la complacencia hacia aquellos que tratamos significa a menudo la injusticia con otros situados fuera de este círculo, el hombre complaciente, si se admite sólo este estímulo, podrá tener todos los vicios, no por inclinación espontánea, sino porque vive para agradar. La afectuosa sociabilidad le convertiría en un embustero, en un holgazán, en un borracho, etcétera, etc.; pues no obra según reglas encaminadas a la buena conducta en general, sino según una inclinación, bella en sí, pero que al hallarse sin freno ni principios resulta frívola.

La verdadera virtud, por tanto, sólo puede descansar en principios que la hacen tanto más sublime y noble cuanto más generales. Estos principios no son reglas especulativas, sino la conciencia de un sentimiento que vive en todo pecho humano, y cuyo dominio es mucho más amplio que el campo de la compasión y de la complacencia. Creo recoger todo su contenido diciendo que es el sentimiento de la belleza y la dignidad de la naturaleza humana. Lo primero es el fundamento de la benevolencia general; lo segundo, de la estimación general; y si este sentimiento alcanzase la máxima perfección en un corazón humano cualquiera, este hombre se amaría y se estimaría ciertamente a sí mismo, pero no más que en cuanto es uno de todos aquellos a los cuales se extiende su amplio y noble sentimiento. Sólo subordinando a inclinación tan amplia las nuestras, pueden aplicarse proporcionalmente nuestros buenos instintos y producir el noble decoro que constituye la belleza de la virtud.

En consideración a la debilidad de la naturaleza humana y del escaso poder que había de ejercer sobre el mayor número de los corazones el sentimiento ético general, ha colocado en nosotros la Providencia, como suplemento de la virtud, tales instintos auxiliares; por ellos algunos, aun sin principios, son llevados a bellas acciones, y aquellos que los poseen no pueden recibir mayor impulso y estímulo más enérgico. La compasión y la complacencia son fundamentos de bellas acciones, que acaso serían ahogadas todas ellas por el predominio de un grosero egoísmo, pero no fundamentos inmediatos de la virtud, como hemos visto, aunque, ennoblecidas por el parentesco con ella, se les llama también virtuosas. Puedo denominarlas, por consiguiente, virtudes adoptadas y genuina virtud, a la que descansa sobre principios. Las primeras son bellas y seductoras; pero sólo la segunda es sublime y venerable. Al espíritu en que dominan las primeras sensaciones se le denomina un buen corazón, y bondadoso al hombre de tal carácter; en cambio se atribuye con justicia un noble corazón al virtuoso, según principios, y a él mismo se le llama recto. Estas virtudes adoptadas tienen, sin embargo, gran semejanza con las verdaderas virtudes, pues encierran el sentimiento de un placer inmediato en actos buenos y benévolos. Sin interés, por espontánea benevolencia, el bondadoso los tratará amistosa y cortésmente y compartirá de veras la pena de otro.

Mas como esta simpatía moral no es todavía bastante para inspirar a los hombres indolentes acciones de utilidad general, la Providencia ha puesto en nosotros cierto sentimiento delicado que puede empujarnos a la acción o servir de contrapeso al grosero egoísmo y al vulgar deseo de placeres. Es el sentimiento del honor, y su resultado, la vergüenza. La opinión que de nuestro valer tengan los demás y su juicio sobre nuestros actos, es un móvil de gran importancia, y nos lleva a muchos sacrificios. Lo que gran parte de los hombres no habría hecho por impulsos de espontánea bondad ni por principios, se hace bastante a menudo merced al prestigio aparente de una preocupación muy útil, aunque en sí muy superficial, como si el juicio de los demás determinase nuestro valor y el de nuestros actos. Lo que acontece, obedeciendo a este impulso, no es de ningún modo virtuoso, y de ahí que quien desea ser tenido por tal, oculte cuidadosamente tal motivo. Esta inclinación no tiene tampoco tanta afinidad con la genuina virtud como la bondad de corazón, porque no puede ser movida inmediatamente por la hermosura de los actos, sino por lo que éstos representan ante los ojos ajenos. Con todo, como el sentimiento del honor es delicado, puedo denominar resplandor de la virtud aquello análogo a lo virtuoso que por él es ocasionado.

Si comparamos los espíritus de los hombres según en ellos predomina uno de estos géneros de sentimiento determinando el carácter moral, encontramos que cada uno de ellos se halla en próxima afinidad con uno de los temperamentos, tal como se les divide comúnmente; pero de tal suerte que, además, correspondería al flemático una mayor carencia de sentimiento moral. Y no quiero decir con esto que la nota principal en el carácter de estas distintas especies de espíritus, corresponda a los indicados rasgos, pues aquí no consideramos sentimientos más groseros, por ejemplo: el de egoísmo, el del placer vulgar, etc., y tales inclinaciones son las observadas con preferencia en la división corriente; sino que los más finos sentimientos morales aquí considerados son susceptibles de unirse más fácilmente con uno o con otro temperamento, y de hecho van unidos en los más casos.

Un íntimo sentimiento de la belleza y la dignidad de la naturaleza humana, y un ánimo seguro y vigoroso para referir a esto, como fundamento general, todas las acciones, son serios y no se asocian bien con una alegría volandera ni con la inconstancia de un hombre ligero. Y hasta se halla cerca de la honda melancolía (Schwermut), una dulce y noble sensación, en cuanto se funda sobre aquel temor que siente un alma limitada cuando, llena de un gran proyecto, ve los peligros que debe vencer y tiene ante la vista la grave aunque grande victoria del dominio de sí mismo. La genuina virtud, según principios, encierra en sí algo que parece coincidir con el temperamento melancólico en un sentido atenuado.

El carácter bondadoso, una condición bella y sensible, para ser en casos particulares conmovido de una manera compasiva y benévola, está muy sujeto al cambio de las circunstancias, y por no descansar el movimiento del alma sobre un principio general, toma fácilmente formas diferentes, según ofrecen los objetos uno u otro aspecto. Y como esta inclinación se encamina a lo bello, parece susceptible de unirse, sobre todo, con el temperamento denominado sanguíneo, que es volandero y dado a las diversiones. En este temperamento debemos buscar las simpáticas cualidades que hemos denominado virtudes adoptadas.

El sentimiento del honor es, desde luego, reconocido como característica de la complexión colérica, y las consecuencias morales de este delicado sentimiento, que casi siempre sólo se preocupa del brillo, nos presentarán rasgos para la descripción de este carácter.

En hombre alguno faltan huellas de sentimientos delicados; pero una gran ausencia de ellos, calificada comparativamente de insensibilidad, aparece en el carácter del flemático, y hasta los impulsos más vulgares, como el deseo de dinero, etc., suele negársele. Nosotros podemos abandonarle esta inclinación, junto con otras análogas, porque caen fuera de nuestro plan.

Examinemos ahora las sensaciones de lo sublime y lo bello, principalmente en cuanto son morales, bajo la admitida división de los temperamentos.

No se llama melancólico a un hombre porque, sustrayéndose a los goces de la vida, se consuma en una sombría tristeza, sino porque sus sentimientos, intensificados más allá de cierto punto dirigidos, merced a determinadas causas, en una falsa dirección, acabarían en esta tristeza más fácilmente que los de otros. Este temperamento tiene, principalmente, sensibilidad para lo sublime. Aun la belleza, a la cual es igualmente sensible, no le encanta tan sólo, sino que, llenándole de asombro, le conmueve. El placer de las diversiones es en él más serio; pero, por lo mismo, no menor. Todas las conmociones de la sublime tienen algo más fascinador en sí que el inquieto encanto de lo bello. Su bienestar será, más bien que alegría, una satisfacción tranquila. Es constante. Esto les mueve a ordenar sus sensaciones, bajo principios, y tanto menos están sujetas a la inconstancia y al cambio cuanto más general es el principio al cual se hallan subordinadas, y más amplio, por tanto, el elevado sentimiento al cual se subordinan los inferiores. Todos los motivos particulares de las inclinaciones están sujetos a muchas excepciones y cambios si no son derivados de tal fundamento superior. El alegre y afectuoso Alcestes dice: "Amo y estimo a mi mujer porque es bella, cariñosa y discreta". ¡Cómo! ¿Y si, desfigurada por la enfermedad, agriada por la vejez y pasado el primer encanto, dejase de parecerte más discreta que cualquier otra? Cuando el fundamento ha desaparecido, ¿qué puede resultar de la inclinación? Tomen, en cambio, el benévolo y sesudo Adrasto, que pensaba para sí: "Tengo que tratar a esta persona con amor y respeto porque es mi mujer". Tal manera de pensar es noble y magnánima. Ya pueden los encantos fortuitos alterarse; siempre continúa siendo su mujer. El noble motivo permanece y no está tan sujeto a la inconstancia de las cosas exteriores. De tal calidad son los principios, en comparación con impulsos originados sólo de ocasiones particulares, y así es el hombre de principios, al lado de aquel al cual sobreviene una inspiración buena y afectuosa. Y lo mismo, diríamos si el secreto lenguaje de su corazón se expresara de esta suerte. "Tengo que auxiliar a ese hombre porque sufre; no porque acaso sea amigo o conocido mío, ni porque le considere capaz de agradecérmelo después. Ahora no es tiempo de hacer distingos ni detenerse en cuestiones: es un hombre, y lo que daña a los hombres también a mí me toca". Desde este momento su conducta se apoya en el supremo fundamento dentro de la naturaleza humana, y es sublime en grado sumo, tanto por la invariabilidad como por la generalidad de sus aplicaciones.

Continúo mis observaciones. El hombre de carácter melancólico se preocupa poco de los juicios ajenos, de lo que otros tienen por bueno o verdadero, se apoya sólo en su propia opinión. Como en él los móviles toman el carácter de principios, no puede ser fácilmente llevado a otras ideas. Su firmeza degenera a veces en obstinación. La amistad es sublime, y, por tanto, apropiada a sus sentimientos. Puede acaso perder un amigo inconstante, pero éste no le pierde a él tan pronto. Aun el recuerdo de la amistad extinguida sigue siendo para él respetable. La locuacidad es bella; la taciturnidad meditativa es sublime. Sabe guardar bien sus secretos y los ajenos. La veracidad es sublime, y él odia mentiras y fingimientos. Siente con viveza la dignidad de la naturaleza humana. Se estima a sí mismo y tiene a un hombre por una criatura que merece respeto. No sufre sumisión abyecta, y su noble pecho respira libertad. Toda suerte de cadenas le son odiosas, desde las doradas que en la corte se arrastran hasta los pesados hierros del galeote. Es un rígido juez de sí mismo y de los demás, y a menudo siente disgusto de sí mismo y del mundo.

En la degeneración de este carácter, la seriedad se inclina a la melancolía, la devoción al fanatismo, el celo por la libertad al entusiasmo. La ofensa y la injusticia encienden en él deseos de venganza. Es muy temible entonces. Desafía el peligro y desprecia la muerte. Falseado su sentimiento y no serenado por la razón, cae en lo extravagante: sugestiones, fantasías, ideas fijas. Si la inteligencia es aún más débil, incurre en lo monstruoso: sueños significativos, presentimientos, señales milagrosas. Está en peligro de convertirse en un fantástico o en un chiflado.

El de carácter sanguíneo tiene predominante sensibilidad para lo bello. Sus alegrías son, por tanto, rientes y vivas. Si no está alegre es que se halla disgustado; conoce poco la calma satisfecha. La variedad es bella, y él gusta del cambio. Busca la alegría en sí mismo y en torno suyo; regocija a los demás, y su compañía es grata. Comparte fácilmente el estado moral ajeno. La alegría de los otros le contenta, y el dolor le enternece. Su sentimiento moral es bello, pero sin principios, y obedece siempre a las impresiones momentáneas que los objetos en él producen. Es amigo de todos los hombres, o lo que es lo mismo, nunca propiamente un amigo, aunque sea de verdad bondadoso y benévolo. No finge. Hoy les tratará con su afecto y cortesía peculiares; mañana, si están enfermos o les sobreviene una desgracia, mostrará un interés verdadero, no hipócrita, pero se escurrirá suavemente hasta que las circunstancias hayan pasado. Nunca debe ser juez. Las leyes son para él, comúnmente, demasiado rígidas, y se deja sobornar por las lágrimas. Es un tipo curioso, nunca completamente bueno y nunca completamente malo. Comete excesos y es vicioso, más por complacencia que por inclinación. Es liberal y benéfica, pero lleva mal la cuenta de lo que debe, porque si es muy sensible para el bien, lo es muy poco para la justicia. Nadie tiene tan buena opinión de su propio corazón como él. Aunque no lo estimen mucho no podrán menos de amarle. El mayor peligro de su carácter es caer en lo frívolo, y entonces es alocado e infantil. Si la edad no disminuye acaso la vivacidad o le infunde más juicio, está en peligro de convertirse en un viejo verde.

Aquel cuyo carácter es calificado de colérico, tiene sensibilidad predominante para el género de lo sublime que se puede denominar magnífico. Es sólo el brillo de la sublimidad, un color llamativo que oculta, engañando e impresionando con la apariencia, el contenido íntimo de la persona o cosa, acaso malo o vulgar en sí mismo. Así como un edificio cubierto por una pintura que imita la piedra produce una impresión tan noble como si fuese verdad, y así de igual modo que las molduras y pilastras empotradas sugieren la idea de firmeza, aunque tengan poca consistencia y nada sostengan, lo mismo brillan las virtudes de hojalata, el similor de sabiduría y los méritos pintados.

El colérico considera su propio valor y el de sus cosas y actos según el prestigio o la apariencia de que se revistan a los ojos de los demás. Con respecto a la íntima calidad o a los motivos que el objeto mismo encierra, se muestra frío, ni encendido por verdadera benevolencia, ni conmovido por el respeto. Su conducta es artificiosa. Ha de saber tomar toda clase de puntos de vista para juzgar el efecto que produce según la distinta posición del espectador, pues no se pregunta lo que él es, sino lo que parece. Por eso ha de conocer bien la manera de conquistar la aprobación general y las apreciaciones que ha de suscitar fuera de él su conducta. La sangre fría que esta fina atención requiere para no ser cegada por el amor, la compasión y el interés, le sustrae también a muchas locuras y contrariedades, en las cuales cae un sanguíneo, arrebatado por su sensibilidad espontánea. Por eso parece más razonable de lo que realmente es. Su benevolencia es cortesía; su respeto, ceremonia; su amor, meditada adulación. Está siempre lleno de sí mismo cuando toma la actitud de enamorado y de amigo, y no es nunca ni lo uno ni lo otro. Gusta de brillar con las modas; pero como todo en él es artificioso y trabajado, se muestra en ello rígido y torpe. Su conducta obedece más a principios que la del sanguíneo, sólo movido por impresiones ocasionales; pero no son principios de la virtud, sino del honor, y no es nada sensible a la belleza o al valor de los actos, sino al juicio que el mundo pronunciara sobre ellos. Como su proceder, si no se considera la fuente de donde brota, resulta casi tan beneficioso a la generalidad como la virtud, obtiene del espectador común tan elevada estima como el virtuoso; pero se oculta cuidadosamente de ojos más sutiles, pues sabe que si descubren el escondido resorte del honor, desaparecerá también el respeto que se le muestra. Recurre, por tanto, con frecuencia al fingimiento; en religión es hipócrita; en el trato, adulador; en política, versátil, según las circunstancias. Se complace en ser esclavo de los grandes para después ser tirano de los humildes. La ingenuidad esta noble o bella sencillez que lleva en sí el sello de la naturaleza y no del arte, le es completamente extraña. Por eso cuando su gusto degenera, su brillo resulta chillón; esto es, desagradablemente jactancioso. Cae entonces, tanto en su estilo como en sus adornos, en el galimatías —lo exagerado—, una especie de monstruosidad que es a lo magnífico lo que lo extravagante o chiflado con relación a lo sublime serio. En las ofensas acaba pronto en duelos o procesos y en las relaciones ciudadanas, gusta de antepasados, preminencias y títulos. Mientras sólo es vanidoso, es decir, mientras busca honor y se esfuerza en hacerse visible, puede ser todavía soportado; pero cuando totalmente falto de verdaderas cualidades y méritos se pavonea orgulloso, viene a parar en lo que él menos quisiera, esto es, en un necio.

Puesto que en el compuesto flemático no suelen aparecer ingredientes de lo sublime y de lo bello en un grado particularmente apreciable, cae este carácter fuera del círculo de nuestro examen.

Sea cualquiera el género de las sensaciones tan delicadas de que hemos tratado hasta aquí, sublimes o bellas, sufren el destino común de aparecer como falsas y absurdas a los ojos de todo aquel cuya sensibilidad no concuerda con ellas. El hombre de aplicación tranquila y egoísta no tiene, por decirlo así, órganos para sentir el rasgo noble en una poesía o en una virtud heroica; lee con más gusto un Robinsón que un Grandisón, y tiene a Catón por un necio testarudo. De igual modo a personas de carácter algo serio parece frívolo aquello que para otras es encantador, y la juguetona ingenuidad de una acción pastoril les parece insignificante e insípida. Aunque no falte por completo una sensibilidad apropiada, los grados de ella son muy diferentes, y se ve que uno encuentra noble y digno algo que para otros resulta extravagante, aunque sea grande. Las ocasiones que se ofrecen en cosas no morales para atisbar algo del sentimiento del prójimo, pueden darnos coyuntura para decidir también con bastante verosimilitud, su sensibilidad, con relación a las cualidades superiores de su espíritu y aun las de su corazón. El que se fastidia oyendo una hermosa música, hace sospechar mucho que las bellezas de la literatura o los encantos del amor no ejercerán poder sobre él.

Hay un cierto espíritu de las pequeñeces (esprit des bagatelles) que muestra una especie de sensibilidad delicada, pero dirigida precisamente a lo contrario de lo sublime. Es el gustar de algo por ser muy artificioso y difícil, versos que pueden leerse hacia abajo y hacia arriba, enigmas, relojes diminutos, cadenas sueltas, etc.; el gustar de todo lo que está medido y ordenado de una manera minuciosa, aunque sea sin utilidad, por ejemplo: de libros primorosamente colocados en largas filas dentro de la estantería, y una cabeza vacía que los contempla llena de satisfacción; habitaciones adornadas como cajas ópticas, lavadas con limpieza meticulosa, y dentro, un dueño inhospitalario y gruñón, que las habita; de todo lo que es raro, por poco valor que en sí pueda tener; la lámpara de Epicteto, un guante de Carlos XII.

En cierto modo, el afán de atesorar dinero cae dentro de esto. Puede sospecharse que si tales personas cultivasen las ciencias, se convertirán en chifladas, y que en las costumbres carecerán de sentimiento para lo que de una manera libre es bello y noble.

No se tiene razón cuando se acusa a quien no ve el valor o la hermosura de lo que nos conmueve o encanta, de no entenderlo. Trátase aquí no tanto de lo que el entendimiento comprende como de lo que el sentimiento experimenta. Tienen, sin embargo, las facultades del alma tan grande conexión entre sí, que, las más veces, de las manifestaciones de la sensibilidad pueden deducirse las condiciones intelectivas. Vanas resultarían las dotes intelectuales para quien al mismo tiempo no tuviese un vivo sentimiento de lo bello y lo noble, sentimiento que sería el móvil de aplicarlas bien y con regularidad.

Es corriente denominar sólo útil a lo que satisface nuestra más grosera sensibilidad, lo que puede proporcionarnos abundancia en comida y bebida, lujo en el vestido y los muebles y esplendidez en la hospitalidad, aunque no comprendo por qué lo deseado por mis más vivos sentimientos no se ha de contar igualmente entre las cosas útiles. Pero, aun admitiéndolo, aquel en quien predomina el interés personal es un hombre con el cual nunca se ha de sutilizar sobre el buen gusto. Por este principio, una gallina resulta mejor que un papagayo; una cazuela, más útil que un vaso de porcelana; todos los ingenios del mundo no igualan el valor de un labrador, y los esfuerzos por averiguar la distancia de las estrellas fijas pueden ser aplazados hasta que sepamos de qué manera el arado ha de ser más ventajosamente conducido. Pero ¡qué locura abandonarse a tal disputa cuando es imposible llegar a sensaciones análogas, porque tampoco es análoga la sensibilidad! Con todo, el hombre de más rudos y vulgares sentimientos podrá percibir que los encantos y agrados de la vida, al parecer más superfluos, acaparan nuestra mayor diligencia, y que nos quedarían pocos móviles para los variados esfuerzos de la vida si pretendiéramos suprimirlos. De igual modo, nadie hay tan grosero que no sienta que un acto moral, por lo menos para con el prójimo, tanto más conmueve cuanto más se aleja del interés propio y cuanto más en él resaltan motivos nobles.

Cuando observo alternativamente el lado noble y el débil de los hombres, me acuso a mí mismo de no poder tomar el punto de vista desde el cual estos contrastes se funden en el gran cuadro de la naturaleza humana, como en un conjunto impresionante. Comprendo que, en las líneas generales de la gran naturaleza, estas grotescas situaciones no pueden menos de tener una significación noble, aunque seamos demasiado miopes para contemplarlas por este aspecto. En una rápida ojeada sobre el asunto, me parece, sin embargo, observar lo siguiente: los hombres que obran según principios, son muy pocos, cosa que hasta es muy conveniente, pues con facilidad estos principios resultan equivocados, y entonces el daño que se deriva llega tanto más lejos cuanto más general es el principio y más firme la persona que lo ha adoptado. Los que obedecen a bondad espontánea son muchos más, y está bien, aun cuando no pueda ser contado como un mérito particular de la persona. Estos instintos virtuosos fallan a veces; mas, por término medio, cumplen perfectamente el gran propósito de la Naturaleza, lo mismo que los demás instintos, merced a los cuales se mueve con tanta regularidad el mundo animal. Los que, como único punto de referencia para sus esfuerzos, tienen fija ante los ojos su adorada persona y procuran hacer girar todo en torno de su egoísmo, como eje mayor, son los más, y esto viene a resultar también muy beneficioso; ellos, en efecto, son los más inteligentes, ordenados y precavidos; dan consistencia y firmeza al todo, y, sin proponérselo, son útiles en general en cuanto facilitan las necesidades imprescindibles y preparan las bases sobre las cuales las almas delicadas pueden extender la hermosura y la armonía. Finalmente, la pasión por el honor se halla extendida en el corazón de todos los hombres, aunque en medida diferente, y presta al conjunto una encantadora belleza, rayana en lo maravilloso. Aunque el deseo de honor es una loca quimera cuando se convierte en regla a la cual se subordinan las demás inclinaciones, como impulso concomitante resulta muy útil. Cada cual al realizar sus actos en el gran escenario social, según sus inclinaciones dominantes, se ve movido por un secreto impulso a tomar mentalmente un punto de vista fuera de sí mismo para juzgar la apariencia de su conducta, tal como se presenta a la vista del espectador. Los diversos grupos se unen así en un cuadro de expresión magnífica, donde la unidad se transparenta en la grande diversidad y el conjunto de la naturaleza moral se muestra en sí bello y digno.

III
Sobre la diferencia entre lo sublime y lo bello en la relación recíproca de ambos sexos

Quien por primera vez aplicó a la mujer el nombre de sexo bello, acaso quiso decir algo galante, pero acertó mejor de lo que él mismo pudo imaginarse. Sin tener en cuenta que su figura es, en general, más fina, sus rasgos más delicados y dulces, su rostro más significativo y cautivante en la expresión del afecto, la broma y la afabilidad, que en el sexo masculino; sin olvidar lo que debe atribuirse al encanto secreto, que inclina nuestra pasión a juicios favorables para ellas, hay en el carácter de este sexo rasgos particulares que lo diferencian claramente del nuestro, y le hace distinguirse principalmente por la nota de lo bello. De otro lado, podríamos aspirar nosotros a la denominación de noble sexo si no se exigiese al carácter noble el apartamiento de títulos honoríficos y el concederlos mejor que el recibirlos. No se entienda por esto que la mujer carece de nobles cualidades o que hayan de faltar por completo las bellezas al sexo masculino; más bien debe esperarse que en cada sexo resulten unidas ambas cosas; pero, de tal suerte, que en una mujer todas las demás ventajas se combinen sólo para hacer resaltar el carácter de lo bello, en ellas el verdadero centro, y, en cambio, entre las cualidades masculinas sobresalga desde luego lo sublime como característica. A esto deben referirse todos los juicios sobre las dos mitades de la especie humana, tanto de los lisonjeros como de los adversos; esto han de tener a la vista toda educación y enseñanza, y todo esfuerzo por fomentar la perfección moral de una y otra, si no se quiere hacer imperceptible la encantadora diferencia que la Naturaleza ha querido establecer entre ambas. No es suficiente pensar que se tienen ante sí hombres; es menester no perder de vista que estos hombres no son de una misma clase.

La mujer tiene un sentimiento innato para todo lo bello, bonito y adornado. Ya en la infancia se complacen en componerse, y los adornos las hacen más agradables. Son limpias y muy delicadas para lo repugnante. Gustan de bromas, y les distrae una conversación ligera, con tal de que sea alegre y risueña. Tienen muy pronto un carácter juicioso, saben adoptar aire fino y son dueñas de sí mismas; y eso a una edad en que nuestra juventud masculina bien educada es todavía indómita, basta y torpe. Muestran un interés muy afectuoso, bondad natural y compasión; prefieren lo bello a lo útil, y gustan de ahorrar de superfluidades en el sustento para sostener el gasto de lo vistoso y de las galas. Son muy sensibles a la menor ofensa, y sumamente finas para advertir la más ligera falta de atención y respeto hacia ellas. En una palabra, representan, dentro de la naturaleza humana, el fundamento del contraste entre las cualidades bellas y las nobles, y el sexo masculino se afina con su trato.

Espero que se me dispensará la enumeración de las cualidades masculinas en su paralelismo con las del sexo opuesto, y que bastará considerar comparativamente unas y otras. El bello sexo tiene tanta inteligencia como el masculino, pero es una inteligencia bella; la nuestra ha de ser una inteligencia profunda, expresión de significado equivalente a lo sublime.

La belleza de los actos se manifiesta en su ligereza y en la aparente facilidad de su ejecución; en cambio, los afanes y las dificultades superadas suscitan asombro y corresponden a lo sublime. La meditación profunda y el examen prolongado son nobles, pero pesados, y no sientan bien a una persona en la cual los espontáneos hechizos deben sólo mostrar una naturaleza bella. El estudio trabajoso y la reflexión penosa, aunque una mujer fuese lejos en ello, borran los méritos peculiares de su sexo, y si bien la rareza de estas condiciones en su sexo las convierte en objeto de fría admiración, debilitan al mismo tiempo los encantos que les otorgan su fuerte imperio sobre el sexo opuesto. A una mujer con la cabeza llena de griego, como la señora Dacier, o que sostiene sobre mecánica discusiones fundamentales, como la marquesa de Chastelet, parece que no les hace falta más que una buena barba; con ella, su rostro daría más acabadamente la expresión de profundidad que pretenden. La inteligencia bella elige por objetos suyos los más análogos a los sentimientos delicados, y abandona las especulaciones abstractas o los conocimientos útiles, pero áridos a la inteligencia aplicada, fundamental y profunda. La mujer, por tanto, no debe aprender ninguna geometría; del principio de razón suficiente o de las monadas sólo sabrá lo indispensable para entender el chiste en las poesías humorísticas con que se ha satirizado a los superficiales sutilizadores de nuestro sexo. Pueden dejar a Descartes que continúe haciendo girar su torbellino, sin preocuparse por ello, aunque el amable Fontenelle quisiera abrir para ella un salón entre los planetas; y el atractivo de sus encantos no pierde nada de su energía si no saben una palabra de lo que Algarotti, para provecho suyo y siguiendo a Newton, se ha esforzado en escribir acerca de las fuerzas de atracción de las materias groseras. En historia, no se llenarán la cabeza con batallas, ni en geometría, con fortalezas; tan mal sienta en ellas el olor de la pólvora como en los hombres el del almizcle.

Parece una maliciosa astucia de los hombres el haber querido desviar al sexo bello hacia este gusto equivocado. Conscientes de su debilidad ante los encantos naturales del mismo, y de que basta una mirada burlona para sumirlos en mayor confusión que la más difícil cuestión científica, no bien cae la mujer en este gusto, se sienten en franca superioridad y en situación de acudir benévolos en auxilio de la vanidad femenina. El contenido de la gran ciencia de la mujer es más bien lo humano, y entre lo humano, el hombre. Su filosofía no consiste en razonamientos, sino en la sensibilidad. Esta circunstancia debe tenerse en cuenta al proporcionárseles ocasiones de cultivar su hermosa naturaleza. Se procurará ampliar todo su sentimiento moral, y no su memoria, valiéndose, no de reglas generales, sino del juicio personal sobre los actos que ven en torno suyo. Los ejemplos sacados de otros tiempos para ver el influjo que el bello sexo ha ejercido en los asuntos, las diversas relaciones en que durante otras épocas o en países extraños se ha encontrado con respecto al masculino, el carácter de ambos según estas particularidades pueden explicarlo, y el variable gusto en las diversiones, constituyen toda su historia y su geografía. Es bello que se haga agradable a una mujer la vista de un mapa donde se representa toda la tierra o la porción más importante de ella. Esto se obtiene presentándola sólo con el propósito de describir los diversos caracteres de los pueblos que la habitan, sus diferencias en el gusto y en el sentimiento moral, principalmente con respecto al influjo que tienen éstas en las relaciones de ambos sexos, explicando todo ello ligeramente por el diferente clima, la libertad o la esclavitud. Poco importa que sepan o no las particulares divisiones de estos países, su industria, su poderío o sus soberanos. Del Universo igualmente sólo es menester que conozcan lo necesario para hacerles conmovedor el espectáculo del cielo en una hermosa noche, cuando han comprendido en cierto modo que existen otros mundos, y en ellos también hermosas criaturas. El sentimiento para las pinturas y para la música, no como arte, sino como expresión de la sensibilidad, afina o eleva el gusto de este sexo, y tiene siempre algún enlace con los movimientos morales. Nunca una enseñanza fría y especulativa; siempre sensaciones, y éstas permaneciendo tan cerca como sea posible de sus condiciones de sexo. Semejante instrucción es tan rara porque exige aptitudes, experiencia y un corazón lleno de sentimiento. De toda otra puede la mujer muy bien prescindir, y aun sin ésta se afina comúnmente muy bien por sí misma.

La virtud de una mujer es una virtud bella. La del sexo masculino debe ser una virtud noble. Evitarán el mal no por injusto, sino por feo, y actos virtuosos son para ellas los moralmente bellos. Nada de deber, nada de necesidad, nada de obligación. A la mujer es insoportable toda orden y toda constricción malhumorada. Hacen algo sólo porque les agrada, y el arte consiste en hacer que les agrade aquello que es bueno. Me parece difícil que el bello sexo sea capaz de principios, y espero no ofender con esto; también son extremadamente raros en el masculino. Por eso la Providencia ha otorgado a su pecho sentimientos bondadosos y benévolos, un fino sentimiento para la honestidad y un alma complaciente. No se exijan, además, sacrificios y generoso dominio de sí mismo. Un hombre no puede nunca decir a su mujer que ha puesto en peligro una parte de su fortuna por un amigo. ¿Para qué encadenar su alegre locuacidad recargando su espíritu con un secreto cuya guarda a él solo incumbe? Aun muchas de sus debilidades son, por decirlo así, bellos defectos. La ofensa y el infortunio conmueven hasta la tristeza su alma tierna. El hombre no debe nunca de llorar más que lágrimas magnánimas. Las que derraman por dolores o por situaciones desdichadas lo hacen despreciable. La vanidad que se suele reprochar al bello sexo, si es que en él resulta un defecto, es un bello defecto. Prescindiendo de que los hombres, tan aficionados a galantear a las damas, se encontrarían en mala situación si ellas no estuviesen inclinadas a admitir sus lisonjas, esta condición no hace más que avivar sus encantos. Es un estímulo para mostrarse amable y graciosa, para abandonarse al juego de una jovialidad ingeniosa, y también para brillar en los variables recursos de las galas y realzar la hermosura. En ello no hay nada ofensivo para los demás, sino más bien, cuando la inspira el buen gusto, algo tan encantador, que sería inconveniente condenarlo.

A una mujer que en tal punto es demasiado ligera y retozona, se le llama tonta, expresión que, sin embargo, no tiene significación tan clara como en el hombre con la sílaba final cambiada; bien entendida, puede encerrar a veces también una lisonja cariñosa. Si la vanidad es defecto que en una mujer bien merece disculpa, el engreimiento en ellas no es sólo censurable, como en toda persona en general, sino que desfigura completamente el carácter del sexo. Este defecto es muy feo y necio y se opone directamente al atractivo de los encantos modestos. La persona dominada por él no tarda en ponerse en una situación delicada. Debe esperar que se la juzgue sin indulgencia, duramente; quien aspira a una alta consideración, invita a la censura. El descubrimiento del menor defecto proporciona a todos una alegría, y la palabra tonta pierde aquí su significación atenuada. Ha de distinguirse siempre la vanidad del engreimiento. La primera solicita el aplauso y honra en cierto modo a aquellos por las cuales se toma este trabajo; el segundo se cree en completa posesión de él, y, no esforzándose en conseguirlo, no logra obtenerlo.

Si una cierta dosis de vanidad no desfigura en nada a una mujer ante los ojos del sexo masculino, contribuye, sin embargo, cuanto más visible es, a dividir entre sí al sexo bello. Se juzgan entre sí muy duramente no bien una de ellas parece obscurecer los encantos de las demás y, realmente, las que tienen grandes pretensiones de seducción son raras veces amigas entre sí en verdadero sentido.

Nada es más contrario a lo bello que lo repugnante, así como nada cae más por debajo de lo sublime que lo ridículo. Por eso ninguna injuria puede ser más sensible a un hombre que ser llamado tonto, ni a una mujer que oírse calificar de repugnante. El inglés considera que no se puede dirigir al hombre reproche más mortificante que el de embustero, y a una mujer ninguno más amargo que ser tenida por deshonesta. Dejemos a esto su valor en cuanto se considera el rigorismo de la moral. Aquí no se trata de lo que en sí mismo merece mayor censura, sino de lo que en realidad hiere más vivamente. Y en tal sentido pregunto yo a cada lector si cuando él se pone mentalmente en tal caso no se suma a mi opinión. La señorita Ninon Lenclos no tenía pretensión alguna al honor de la honestidad, y, sin embargo, hubiese sido cruelmente ofendida si uno de sus amantes hubiese ido tan lejos en sus reproches; y conocido es el trágico destino de Monaldeschi por una expresión ofensiva de tal género a una princesa que no pretendió ciertamente figurar como una Lucrecia. Es insoportable que no se pueda hacer mal aunque se quiera, porque la abstención del mismo es siempre una virtud muy dudosa.

Para alejarse todo lo posible de lo repugnante conviene la limpieza, que sienta bien en toda persona. En el sexo bello pertenece a las virtudes de primera fila, y difícilmente puede ser exagerada, mientras en el hombre rebasa a veces la medida y resulta pueril.

El pudor es un secreto de la Naturaleza para poner barrera a una inclinación muy rebelde, y que contando con la voz de la Naturaleza parece conciliarse siempre con cualidades buenas morales aun cuando incurra en excesos. El pudor es, por tanto, como suplemento de los principios, sumamente necesario. Nunca tan fácilmente como en este caso se convierte la inclinación en sofista para imaginarse principios favorables. Sirve además para correr una cortina ante los más convenientes y necesarios fines de la naturaleza, a fin de que una demasiado común familiaridad con ellos no ocasione repugnancia, o por lo menos indiferencia, con respecto a los propósitos de un instinto al cual van unidas las inclinaciones más delicadas y finas de la Naturaleza humana. Esta cualidad es principalmente propia del bello sexo, y le sienta muy bien. Debe considerarse como una grosera y despreciable inconveniencia sumir en confusión y desagrado la delicada honestidad del mismo con esas plebeyas bromas que se suelen llamar frases equívocas. Pero en último término la inclinación es el fundamento de todos los demás encantos, y una mujer es siempre, en cuanto mujer, el agradable objeto de una conversación educada.

Esto podría explicar que aun hombres finos se tomen a veces la libertad de dejar transparentar delicadas alusiones con pequeñas bromas picantes, por las cuales se les llama libres o traviesos. Cuando, sin que ofendan miradas atrevidas ni se vea intención de herir el respeto, una dama recibe estas bromas con gesto agrio o de disgusto, se creen los hombres autorizados a calificarla de gazmoña. Me refiero a esto porque se considera comúnmente como un rasgo algo atrevido de la conversación, y de hecho se ha gastado siempre mucho ingenio en ello. En cuanto al estricto juicio moral que la cosa merezca, no corresponde a este sitio; en el sentimiento de lo bello sólo tengo que observar y explicar los fenómenos.

Las nobles cualidades de este sexo, en que, como he notado ya, nunca se ha de echar de menos lo bello, en nada se manifiestan más clara y seguramente que en la modestia, una especie de noble sencillez e ingenuidad recubriendo notables condiciones. De ella brota una tranquila afectuosidad hacia los demás, unida al mismo tiempo a una cierta noble confianza en sí mismo y una razonable estimación propia que siempre se encuentra en un carácter elevado. Esta mezcla, realzada al mismo tiempo por los encantos y por el respeto que infunde, pone en seguridad todas las otras brillantes cualidades contra la malicia de la censura o de la burla. Las personas de este carácter tienen también corazón para la amistad, que en la mujer nunca podrá estimarse lo suficiente, por ser tan rara y porque al mismo tiempo resulta tan deliciosa.

Como nuestro propósito es analizar sentimientos, no puede ser desagradable reducir en lo posible a conceptos las diferentes impresiones que la figura y el rostro del sexo bello producen en el masculino. Toda esta seducción está, en el fondo, extendida sobre el instinto sexual. La Naturaleza persigue su gran propósito, y todas las finuras añadidas, por mucho que de él parezcan desviarse, son sólo ornamentos, y al cabo toman su encanto justamente de ese mismo manantial. Un gusto rudo y sano, atenido siempre de cerca a este instinto, se preocupará poco en una mujer de los encantos del talle, del rostro, de los ojos, etcétera; como propiamente sólo tiene en cuenta el sexo, considera casi siempre vana palabrería las delicadezas de los demás.

Aunque poco delicado, no ha de menospreciarse tampoco este gusto. Por él la mayor parte de los hombres observa el gran orden de la Naturaleza de una manera muy sencilla y segura; por él se realizan los más de los matrimonios, y aun de la parte más aplicada del género humano. Como el hombre, no se llena la cabeza con un rostro hechicero, unos ojos lánguidos, un noble porte, etcétera, y hasta carece de sentido para esto; tanta más atención concederá a las virtudes domésticas, a la economía, etc., y a la dote.

Por lo que se refiere al gusto algo más fino, que necesita establecer una distinción entre los encantos exteriores de la mujer, unas veces prefiere lo que hay de moral en la figura y en la expresión del rostro, otras lo no moral. Con relación a los atractivos de esta última especie, es calificada una mujer de bonita. Un talle proporcionado, rasgos regulares, una linda coloración de los ojos y del rostro, bellezas todas que agradan también en un ramo de flores y obtienen fría aprobación. El rostro mismo, aunque sea bonito, no expresa nada y no habla al corazón.

En cuanto a la expresión moral de las facciones, de los ojos y de la fisonomía, puede tender a lo sublime o a lo bello.

Una mujer en la cual los atractivos que a su sexo convienen hacer predominar la expresión de lo sublime, es calificada de bella en sentido propio; aquella cuya fisonomía moral, tal como se manifiesta en el aire o en los rasgos del rostro, anuncia las cualidades de lo bello, es agradable, y cuando esto ocurre en grado sumo, encantadora. La primera, bajo un aire de calma y una noble compostura, deja aparecer el brillo de una bella inteligencia con miradas modestas, y al pintarse en su rostro un tierno sentimiento y un alma bondadosa, se adueña tanto de la inclinación como del respeto profundo de un corazón masculino. La segunda, muestra alegría e ingenio en los ojos risueños, cierta fina malicia, alocamiento bromista y desdenes traviesos. Mientras la primera conmueve, ésta seduce, y el amor de que es capaz y que a los demás infunde, resulta ligero, pero bello; en cambio el de la primera es tierno y constante, y con él va unido el respeto. No puedo entregarme a un análisis de este género demasiado detallado, pues en tales casos siempre parece el autor pintar sus personales preferencias. Con todo, he de añadir que el gusto de muchas damas por un color sano, pero pálido, se deja comprender por esto. Tal color acompaña comúnmente a un carácter de sentimientos más íntimos y sensibilidad más tierna, que corresponde a la calidad de lo sublime; el color sonrosado y vivo, en cambio, da más bien la impresión de un espíritu jovial y animado, y la vanidad prefiere conmover y cautivar a encantar y seducir. Cabe también que una mujer sea muy bonita sin que su rostro exprese ningún sentimiento moral, sin una particular expresión, indicio de un alma sensible; pero ni conmueve ni encanta como no sea a hombres de aquel gusto rudo antes mencionado, gusto que a veces se afina algo, y entonces, a su manera, también elige. Lástima que tales hermosas criaturas caigan fácilmente en el defecto del engreimiento por saber demasiado la bella figura que les muestra el espejo, y por falta de sensibilidad delicada; entonces todos se muestran fríos con ellas, excepto el adulador, que persigue sus propósitos y procura ir tejiendo sus intrigas.

Estas consideraciones pueden permitirnos comprender en cierto modo el efecto que una mujer produce en el gusto de los hombres. Paso por alto, pues no corresponde al dominio del gusto delicado, aquello que en esta impresión se refiere demasiado de cerca al instinto sexual, o que pueda hallarse en concordancia con la particular ilusión voluptuosa de que la sensación en cada cual se reviste. Acaso sea exacto lo supuesto por el señor de Buffon, según el cual, la figura que impresiona por vez primera, cuando este instinto es aún nuevo y comienza a desarrollarse, sigue siendo el modelo con el que más o menos deben concordar en lo futuro todas las figuras femeninas para excitar el deseo imaginativo, por cuyos dictados una inclinación bastante grosera se ve obligada a elegir entre los diferentes individuos del sexo contrario. Por lo que se refiere al otro gusto más delicado, me parece que el género de belleza denominado por nosotros figura bonita, es juzgado de modo bastante análogo por todos los hombres, y que sobre él no son tan diversas las opiniones como generalmente se piensa. Las muchachas circasianas y georgianas han sido siempre consideradas como extraordinariamente bonitas por todos los europeos que han atravesado esos países. Los turcos, los árabes y los persas se hallan, sin duda, muy de acuerdo con este gusto, pues desean con gran ahínco embellecer sus pueblos con tan fina sangre, y se observa que la raza persa lo ha conseguido positivamente. Los mercaderes del Indostán no dejan tampoco de sacar partido, por un comercio malvado, de tan bellas criaturas, conduciéndolas a sus golosos dominios. Se ve que, a pesar de toda la diversidad en el gusto de estas diversas comarcas, lo que en una de ellas se reconoce como singularmente bonito, lo es también para todas las demás. Mas cuando en el juicio sobre una figura delicada se mezcla lo que es moral en los rasgos, aparecen siempre grandes discrepancias entre los distintos hombres, tanto por la diferente sensibilidad moral de éstos como por el diverso significado que los rasgos del rostro pueden tener para la imaginación de cada uno. Es frecuente encontrar figuras, a primera vista sin particular interés, por no ser bonitas de una manera determinada, que no bien comienzan a agradar en un trato más íntimo, se van apoderando del que las contempla y parecen hermosearse de continuo; en cambio, una apariencia bonita, que de golpe se revela, es mirada después con mayor frialdad. Débese, probablemente, a que los encantos morales, allí donde se revelan, cautivan más, y también porque dejan sentir su efecto, con ocasión de sensaciones morales. Cada descubrimiento de un nuevo encanto hace sospechar otros más, mientras que todos los atractivos patentes, una vez ejercido desde un principio todo su efecto, no pueden en lo sucesivo sino enfriar la curiosidad enamorada y convertirla poco a poco en indiferencia.

Una observación parece espontáneamente presentarse entre estas consideraciones. La sensibilidad sencilla y ruda en las inclinaciones sexuales conduce, ciertamente, por caminos muy derechos al gran fin de la Naturaleza, y como las exigencias de ésta quedan satisfechas, parece la más apropiada para hacer feliz, sin complicaciones, al que la posee; pero su carácter indistinto y poco exigente la hace degenerar con facilidad en excesos y en el libertinaje. Un gusto muy refinado, en cambio, quita a las inclinaciones su carácter brutal, y, al limitarla a muy pocos objetos, la hace decente y decorosa; pero yerra comúnmente al gran propósito último de la Naturaleza, y como exige o espera más de lo concedido comúnmente por ésta, suele hacer muy rara vez feliz a la persona de sensibilidad tan delicada. El primer carácter resulta rudo, porque se dirige a todas las personas de un sexo; el segundo, soñador, pues propiamente a ninguna se dirige, ocupado sólo con un objeto que la imaginación amorosa se forja en el pensamiento y adorna con todas las cualidades nobles y bellas que rara vez la Naturaleza junta en una persona, y aún más rara vez ofrece a quien puede apreciarlas, y acaso sería digno de tal posesión. De ello resulta la demora de los vínculos matrimoniales, y, finalmente, la total renuncia a ellos, o, lo que acaso es igualmente lamentable, el triste arrepentimiento después de realizada una elección que no ha llenado las grandes esperanzas concebidas; no es raro que el gallo esópico encuentre una perla, cuando de seguro un vulgar grano de cebada le hubiese convenido mejor.

Hemos de observar aquí en general que, por muy seductoras que sean las impresiones de la sensibilidad delicada, conviene ser precavido en el refinamiento de la misma si no queremos atraernos muchos disgustos y abrir una fuente de contratiempos por un exceso en este sentido. Yo aconsejaría a las almas nobles que refinasen el sentimiento todo lo posible en lo que respecta a sus propias cualidades o a sus actos, y, en cambio, conservasen gustos poco exigentes para lo que disfruten o lo que esperen de los de los demás; sólo una cosa encuentro difícil: la posibilidad de este equilibrio. Pero, en caso de haberla, harían a los demás felices y lo serían ellos mismos. No se debe perder nunca de vista que, de cualquier modo, conviene no tener muchas pretensiones en lo que se refiere a las dichas de la vida y a la perfección de los hombres, pues quien sólo espera siempre algo mediano, tiene la ventaja de que el resultado contradice rara vez sus esperanzas, y, en cambio, le sorprenden también insospechadas perfecciones.

A todos estos encantos amenaza finalmente la edad, devastadora de la belleza, y el orden natural de las cosas parece exigir que las cualidades sublimes y nobles reemplacen a las bellas, para que la persona vaya siendo digna de mayor respeto a medida que deja de ser amable. Soy de opinión que la completa perfección del bello sexo en la flor de la edad habría de consistir en la hermosa sencillez, realzada por un refinado sentimiento de todo lo que es noble y seductor. Poco a poco, según van desapareciendo las pretensiones o los encantos, la lectura de los libros y el cultivo de la inteligencia podría substituir insensiblemente con las musas los sitios vacantes de las gracias, y el esposo debería ser el primer maestro. Con todo, aun al acercarse el momento, tan terrible para toda mujer, de hacerse vieja, sigue perteneciendo al bello sexo, y se desfigurará a sí misma si, desesperando en cierto modo de conservar más tiempo este carácter, se entregase al malhumor y a la tristeza.

Una dama entrada en años que, modesta y amistosamente, convive en sociedad con locuacidad alegre y juiciosa, y favorece de un modo digno las diversiones de la juventud, en las cuales ella misma no toma parte, cuidando de todo y asistiendo contenta y satisfecha a la alegría que le rodea, es todavía una persona más fina que un hombre de la misma edad, y acaso aún más amable que una muchacha, aun cuando en otro sentido. Ciertamente, debía de ser demasiado místico el amor platónico que expresaba un antiguo filósofo cuando decía del objeto de su inclinación: "Las gracias residen en sus arrugas, y el alma parece asomárseme a los labios cuando beso su boca marchita". Pero debe también renunciarse pronto a semejantes pretensiones. Un hombre viejo que hace el enamorado, es un fatuo, y las veleidades análogas del otro sexo resultan enseguida repugnantes. Nunca consiste en la Naturaleza el que no nos manifestemos con decoro, sino en que se pretende falsearla.

Para no perder de vista mi tema, quiero aún establecer algunas observaciones sobre el influjo que los sexos pueden ejercer recíprocamente para embellecer o ennoblecer el sentimiento del otro. La mujer tiene un sentimiento preferente para lo bello, en lo que a ella misma se refiere; pero en el sexo masculino, siente principalmente lo noble. En cambio, el hombre prefiere lo noble para sí mismo, y lo bello, cuando se encuentra en la mujer. De ello debemos deducir que los fines de la Naturaleza tienden, mediante la inclinación sexual, a ennoblecer siempre más al hombre y a hermosear más a la mujer. A una mujer le importa poco no poseer ciertas elevadas visiones, ser tímida y no verse llamada a importantes negocios; es bella, cautiva y le basta. En cambio, exige todas estas cualidades en el hombre, y la sublimidad de su alma se muestra sólo en que sabe apreciar todas estas nobles cualidades al encontrarlas en él. ¿Cómo, de otro modo, podría ocurrir que hombres de grotesca figura, aunque acaso posean grandes méritos, puedan conseguir tan amables y lindas mujeres? En cambio, es el hombre mucho más exigente para los bellos encantos de la mujer. La figura delicada, la ingenuidad alegre y el afecto encantador le indemnizan suficientemente de la falta de erudición libresca y de otras faltas que con su talento puede suplir. La vanidad y las modas pueden, acaso, dar una falsa dirección a estos instintos naturales y convertir a muchos hombres en señoritos empalagosos, y a muchas mujeres en pedantes o amazonas; pero la Naturaleza procura siempre restablecer sus disposiciones. Júzguese por esto del poderoso influjo que la inclinación sexual podría ejercer, principalmente sobre el sexo masculino, a fin de ennoblecerlo, si, en lugar de numerosas y secas enseñanzas, se desarrollase temprano el sentimiento de la mujer, para sentir de un modo conveniente lo que corresponde a la dignidad y las sublimes cualidades del otro sexo, y con ello se la preparase a mirar con desprecio a los fatuos petimetres y a no rendir su corazón a otra cualidad que a los méritos. También es indudable que el poder de sus encantos podría al cabo ganar con ello, pues la seducción de éstos evidentemente sólo se ejerce sobre almas nobles; las demás no son lo suficientemente finas para sentirlos. En este sentido contestó el poeta Simónides cuando le aconsejaban que entonase sus bellos cantos ante las tesalianas: "Estas mozas son demasiado tontas para que puedan ser engañadas por un hombre como yo". Por lo demás, ya se ha considerado cómo es un efecto del trato con el bello sexo la dulcificación de las costumbres masculinas, la conducta más suave y atenta y la compostura más elegante; pero esto es sólo una ventaja accesoria. Lo importante es que el hombre se haga más perfecto como hombre y la mujer como mujer; es decir, que los resortes de la inclinación sexual obren el sentido indicado por la Naturaleza, para ennoblecer más a uno y hermosear las cualidades de la otra. Puestos en un caso extremo, el hombre podrá decir, lleno de confianza en su mérito: Aun cuando ustedes, mujeres, no me amen, quiero forzarlas a que me estimen; segura del poder de sus encantos, responderá la mujer: Aun cuando ustedes, hombres, interiormente no me estimen mucho, los obligo, sin embargo, a amarme. Por falta de tales principios se ve a hombres pretender agradar con maneras femeninas, y a mujeres a veces —aunque mucho más raramente— afectar una actitud masculina para inspirar más respeto; pero lo que se hace contra la opinión de la Naturaleza se hace siempre muy mal.

En la vida conyugal, la pareja unida debe constituir como una sola persona moral, regida y animada por la inteligencia del hombre y el gusto de la mujer. Y no es sólo que al primero deba atribuirse más clara visión, fundada en la experiencia, y a la segunda más libertad y justeza en la sensibilidad; mientras más elevado sea, más se esforzará un carácter en proporcionar satisfacciones al objeto amado, y, por otra parte, mientras más bello sea, tanto más procurará responder afectuosamente a estos esfuerzos. En este sentido, resulta pueril la lucha por la preeminencia, y donde tal ocurre, es señal de un gusto grosero o desigualmente aparejado. Cuando se llega a alegar el derecho de quien manda, las cosas están perdidas; esta unión, que sólo debe estar fundada en la simpatía mutua, queda destruida no bien el deber principia a hacerse oír. Las pretensiones de la mujer en este tono duro son extremadamente odiosas, y las del hombre, innobles y despreciables en sumo grado. El sabio orden de las cosas lleva, empero, consigo que todas estas finuras y delicadezas del sentimiento sólo al principio tienen toda su fuerza; después, el trato y la vida familiar las debilitan paulatinamente, hasta convertirlas en un amor confiado, donde el gran arte consiste en conservar el suficiente resto de ellas para que la indiferencia y el fastidio no quiten todo valor al placer que únicamente recompensa el contraer tal enlace.

IV

Sobre los caracteres nacionales en cuanto descansan en la diferente sensibilidad para lo sublime y lo bello

Entre los pueblos de nuestra parte del mundo, son, en mi opinión, los italianos y franceses los que más se distinguen de los demás por el sentimiento de lo bello, y los alemanes, ingleses y españoles, los que más sobresalen en el de lo sublime. Holanda puede ser considerada como la tierra en que este delicado gusto es bastante imperceptible. Lo bello mismo, unas veces subyuga y conmueve; otras, se muestra risueño y encantador. En el primer caso, contiene algo de lo sublime, y el ánimo, con este sentimiento, cae en el ensueño y en el éxtasis; en la segunda manera, es alegre y sonriente. A los italianos parece convenir más el primer género del sentimiento de lo bello; a los franceses, el segundo. En el carácter nacional, que contiene en sí la expresión de lo sublime, éste es ya del género terrible, un poco inclinado a lo extravagante, ya un sentimiento por lo noble, ya por lo magnífico. Creo tener fundamentos para poder atribuir el sentimiento del primer género al español; el del segundo, al inglés, y el del tercero, al alemán. El sentimiento para lo magnífico no es, por naturaleza, original, como los demás géneros del gusto, y aunque el espíritu de imitación puede unirse con todo otro sentimiento, es más peculiar de lo sublime brillante, pues en el fondo es éste un sentimiento mezclado del de lo bello, y del de lo noble, en el que cada uno, considerado por sí, resulta más frío, y el ánimo queda, por tanto, más libre para advertir los ejemplos, y aun tiene necesidad de ser estimulado por éstos. El alemán tendrá, pues, menos sentimiento que el francés con respecto a lo bello, y menos que el inglés para lo sublime; pero en los casos donde ambos han de aparecer unidos, su sensibilidad se siente más a gusto, y entonces evitará también felizmente los defectos a que arrastraría una violencia excesiva en cada una de estas clases de sentimientos.

Voy a tocar, sólo de pasada, las artes y las ciencias, cuya elección puede corroborar el gusto de las naciones, tal como se lo hemos atribuido. El genio italiano se ha destacado principalmente en la música, la pintura, la escultura y la arquitectura. Todas estas bellas artes encuentran en Francia un gusto igualmente delicado, aun cuando la belleza de las mismas es aquí menos impresionante. El gusto, con respecto a la perfección poética u oratoria, cae en Francia más hacia lo bello, y en Inglaterra, más hacia lo sublime. Las bromas finas, la comedia, la sátira regocijada, los escarceos amorosos y el estilo naturalmente fluido, son allí originales. En Inglaterra, por el contrario, pensamientos de contenido profundo, la tragedia, la poesía épica y, en general, pesado oro de ingenio, que bajo el martillo francés puede ser extendido en delgadas hojitas de gran superficie. En Alemania brilla aún bastante el ingenio a través de la hojarasca. Antes era chillón; pero con los ejemplos y la inteligencia del pueblo se ha hecho ciertamente más encantador y noble, aunque lo primero con menos ingenuidad, y lo segundo con vuelo menos atrevido que en los mencionados pueblos. El gusto de la nación holandesa, por un orden meticuloso y un acabamiento que resulta exagerado y desconcertante, hace presumir también poca sensibilidad para los movimientos libres y naturales del genio, cuya belleza resultaría sólo desfigurada por una corrección trabajosa de los defectos. Nada puede ser más contrario a las artes y a las ciencias que un gusto extravagante, porque tortura la Naturaleza, que es el modelo de todo lo bello y noble. Por eso también muestra en sí la nación española poco sentimiento para las bellas artes y las ciencias. Los caracteres de los pueblos se manifiestan principalmente en sus tendencias morales; por tal razón, vamos a examinar desde este punto de vista el diferente sentimiento de los mismos, con respecto a lo sublime y lo bello.

El español es serio, callado y veraz. Pocos comerciantes hay en el mundo más honrados que los españoles. Tiene un alma orgullosa y siente más los actos grandes que los bellos. Como su espíritu no encierra benevolencia bondadosa y dulce, resulta a menudo duro y aun cruel. El auto de fe se conserva, no tanto por la superstición como por las inclinaciones extravagantes del pueblo, al que impresiona un cortejo venerable y temeroso, donde ve cómo entregan a las llamas encendidas por una devoción ardiente el sambenito pintado con figura de demonios. No puede decirse que el español sea más altivo o más enamorado que cualquiera de otro pueblo; pero lo es de una manera extravagante, que resulta rara y fuera de la habitual. Abandonar el arado y pasearse, con una larga espada y una capa, por el campo de labor hasta que el extranjero de paso por allí desaparezca, o en una corrida, donde las bellas son por una vez vistas sin velo, declarar con particular saludo cuál es la señora de sus pensamientos y aventurarse en su honor a una peligrosa lucha con una bestia salvaje, son actos desusados y singulares que distan mucho de lo natural.

En la sensibilidad del italiano parecen mezclarse la de un español y de un francés; es más sensible a lo bello que el primero y más a lo sublime que el segundo. De esta suerte pueden explicarse, a mi entender, los demás rasgos de su carácter moral.

El francés tiene una sensibilidad predominante para lo bello moral. Es amable, cortés y complaciente. Intima muy pronto, es aficionado a la broma, y su trato es fácil; la expresión un hombre o una mujer de buen tono sólo tiene significación inteligible para quien ha adquirido la sensibilidad amable de un francés. Aun sus emociones sublimes, de las cuales tiene no pocas, están subordinadas al sentimiento de lo bello y reciben su fuerza por la concordancia con éste. Gusta de ser ingenioso y sacrificará sin remordimiento algo de la verdad a una ocurrencia. En cambio, donde no se puede ser ingenioso tiene una penetración tan honda como cualquiera de otro pueblo, por ejemplo: en las matemáticas o en las demás ciencias y artes secas o profundas. En él no tiene un *bon mot* el valor pasajero que en otras partes; se le hace circular con entusiasmo y se le conserva en libros como el más importante acontecimiento. Es un apacible ciudadano, y se venga de los vejámenes de los arrendadores generales con sátiras o con representaciones en los Parlamentos, que después de haber dado, según su propósito, un prestigio patriótico a los padres del pueblo, no consiguen más que ser coronadas con un aplazamiento honorable y cantadas en ingeniosos versos encomiásticos. El punto donde se concentran principalmente los méritos y las condiciones nacionales de este pueblo es la mujer.

Y no porque sea más amada o apreciada en otras partes, sino porque presta ocasión para poner de manifiesto los más preferidos dones del ingenio, de la amabilidad y de los buenos modales; por lo demás, una persona vanidosa de uno u otro sexo no se ama más que a sí misma; la otra no pasa de ser su juguete. Como entre los franceses, aunque no falten las cualidades nobles, sólo pueden ser animadas por el sentimiento de lo bello, podría aquí tener el bello sexo un influjo más poderoso, para despertar y avivar los más nobles actos del masculino, que en ningún otro sitio del mundo, si se hubiese pensado en favorecer un poco esta dirección del espíritu nacional. Es lástima que los lirios no hilen.

El peligro que bordea más de cerca este carácter nacional es lo frívolo o, con expresión cortés, lo ligero. Cosas importantes son tratadas como bromas, y pequeñeces sirven para una ocupación seria. Ya anciano, canta todavía el francés canciones alegres, y en lo posible es también galante con las damas. Para estas observaciones tengo a mi lado grandes autoridades precisamente de un mismo pueblo y, detrás de un Montesquieu y un D'Alembert me pongo a cubierto de toda posible protesta.

El inglés es glacial siempre cuando uno comienza a tratarle, y se muestra indiferente con un extraño. Se inclina poco a menudas complacencias, en cambio, una vez hecho amigo, está dispuesto a prestar grandes servicios. No trata de ser ingenioso en sociedad o de mostrar una actitud amable; en cambio, es juicioso y grave. Imita mal, no se pregunta por lo que piensan los demás, y sigue únicamente el gusto propio. Con respecto a la mujer, no tiene la amabilidad francesa, pero le muestra mucho más respeto y aun lleva éste acaso demasiado lejos, pues en el matrimonio le concede comúnmente una consideración sin límites. Es constante, a veces hasta la obstinación; audaz y decidido a menudo hasta lo temerario, obra según principios, en muchas ocasiones hasta la terquedad. Se convierte fácilmente en un excéntrico, no por vanidad, sino por preocuparse poco de los otros y porque no se expondría a contrariar su gusto por amabilidad o imitación; de ahí que sea rara vez tan querido como el francés; pero cuando se le conoce es, por lo general, más estimado.

En el alemán se mezclan la sensibilidad de un inglés y la de un francés, pero parece más cerca del primero; la mayor semejanza con el último es sólo artificiosa e imitada. En él se dan felizmente combinados el sentimiento de lo sublime y el de lo bello; y si en el primero no iguala al francés, ni al inglés en el segundo, los aventaja cuando en él se reúnen ambos. Muestra más complacencia en el trato que el primero, y si no se mueve en sociedad con tanta vivacidad o ingenio como el francés, se produce en ella con más modestia y juicio. Lo mismo que en todos los géneros del gusto, es también en el amor bastante metódico, y como une lo bello con lo noble, es lo suficientemente frío en el sentimiento de ambos para preocuparse en considerar la conveniencia, el lujo y lo aparente. Por eso, familia, título y rango son para él cosas de gran importancia, lo mismo en el amor que en las relaciones ciudadanas. Se pregunta mucho más que los precedentes acerca de lo que puedan pensar de él los demás, y si hay algo en su carácter que pueda excitarle a desear una mejora importante, es esta debilidad, por la cual no se atreve a ser original, aun cuando tiene todas las condiciones para ello. Se rinde demasiado a la opinión de los otros, y esto quita toda consistencia a sus cualidades morales, haciéndolas inconstantes y falsamente artificiosas.

El holandés es un carácter ordenado y diligente, y como sólo considera lo útil, tiene poca sensibilidad para lo que en un sentido más delicado es bello o sublime. Un gran hombre significa para él lo mismo que un hombre rico; por amigo entiende su corresponsal, y le resulta fastidiosa una visita que no le produce nada. Forma contraste, tanto con el francés como con el inglés, y es en cierto modo un alemán más flemático.

Si aplicamos el ensayo de estos pensamientos a un caso cualquiera, como por ejemplo, al sentimiento del honor, se muestran las siguientes diferencias nacionales. La sensibilidad para el honor es en el francés vanidad; en el español, arrogancia; en el inglés, orgullo; en el alemán, ostentación, y en el holandés, envanecimiento. A primera vista, estas expresiones parecen significar cosa parecida; pero hay entre ellas evidentes diferencias. La vanidad solicita el aplauso, es volandera y tornadiza; pero su conducta externa es cortés. El arrogante está penetrado de una pretendida superioridad, y no le preocupa el aplauso de los demás; sus maneras son rígidas y enfáticas. El orgullo sólo consiste propiamente en la profunda conciencia del valer propio, que puede ser a menudo muy justa (por eso se le llama también a veces un noble sentimiento; nunca, en cambio, se puede atribuir a nadie una noble arrogancia, porque ésta muestra siempre una falsa y exagerada estimación de sí mismo); la conducta del orgulloso para con los demás es indiferente y fría. La ostentación es un orgullo que al mismo tiempo es vanidad. Pero el aplauso que busca el ostentoso consiste en distinciones honoríficas. Por eso gusta de brillar con títulos, listas de antepasados y pompas aparatosas. El alemán está principalmente sujeto a esta debilidad. Los términos Gnädig (su gracia), Hochgnädig (su muy graciosa merced) y Hoch-und Wohlgeboreu (ilustre), y otras ampulosidades parecidas, hacen rígido su lenguaje y estorban mucho la bella sencillez que otros pueblos pueden dar a su estilo. La conducta de un ostentoso en el trato se caracteriza por las ceremonias. El envanecido es un arrogante que expresa en su conducta claras señales de su desprecio hacia los otros. En sus manifestaciones es grosero. Esta miserable condición lo aparta todo lo posible del gusto delicado, porque resulta claramente un necio; no es, en verdad, un medio para satisfacer el sentimiento del honor el atraerse el odio y la burla por el manifiesto desprecio de todo lo circunstante.

En el amor tienen los alemanes e ingleses un estómago bastante fuerte, con sensibilidad algo fina, pero que participa más del gusto sano y rudo. El italiano es, en este punto, soñador; el español, fantástico, y el francés, sibarita.

La religión de nuestro continente no es cuestión de un gusto caprichoso: su origen es más venerable. Por eso sólo las exageraciones y lo que es propio de los hombres pueden mostrar indicios de las diferentes cualidades nacionales. Reduzco tales exageraciones a estos conceptos principales: credulidad, superstición, fanatismo e indiferentismo. Crédula es las más veces la parte ignorante de todo pueblo, aunque no tenga ningún apreciable sentimiento, más delicado. Su convencimiento proviene sólo de lo que ha oído y de las apariencias externas, sin que le muevan motivos de una sensibilidad delicada. En el Norte podemos encontrar ejemplos de este género de religiosidad en pueblos enteros. El crédulo, cuando tiene un gusto extravagante, se convierte en supersticioso. Este gusto contiene ya de por sí una tendencia a creer fácilmente cualquier cosa; de dos hombres, el primero de los cuales está contaminado de este sentimiento, mientras el otro tiene un carácter más frío y moderado, el primero, aunque sea en el fondo más inteligente, será llevado por su inclinación dominante a creer en algo fuera de lo natural más fácilmente que el segundo, preservado de este extravío no por su inteligencia, sino por un sentimiento flemático y vulgar. El supersticioso gusta de colocar entre él y el supremo objeto de la adoración ciertos hombres poderosos y extraños, gigantes, por decirlo así, de la santidad, a los cuales obedece la naturaleza, y cuyas voces mágicas abren o cierran las puertas férreas del tártaro; hombres que, tocando el cielo con la cabeza, apoyan sus plantas en la baja tierra. Las enseñanzas de la sana razón tendrían, por tanto, que vencer en España grandes obstáculos, y no por tener que expulsar a la ignorancia, sino porque se opone a ella un extraño gusto, que considera vulgar lo natural y no cree nunca experimentar una sensación sublime si su objeto no es extraordinario.

El fanatismo es una especie de temeridad piadosa, y lo ocasionan un cierto orgullo y una excesiva confianza en sí mismo para aproximarse a las naturalezas celestes y alzarse en un vuelo poderoso sobre el orden común y prescrito. El fanático habla sólo de inspiración inmediata y de vida contemplativa, mientras el supersticioso hace votos ante las imágenes de grandes santos y pone su confianza en la superioridad imaginada e inimitable de otras personas sobre su propia naturaleza. Aun en los extravíos se muestran, como hemos notado, señales del carácter nacional; así el fanatismo se ha encontrado principalmente, por lo menos en tiempos precedentes, en Alemania e Inglaterra, y es como una excrecencia monstruosa del sentimiento noble correspondiente a estos pueblos. En general, no es, ni mucho menos, tan dañino como la inclinación supersticiosa, aunque en el principio sea impetuoso. El acaloramiento de un espíritu fanático va enfriándose poco a poco, y por su propia naturaleza acaba en una moderación ordinaria, mientras que la superstición arraiga imperceptiblemente más hondo en un estado espiritual reposado y sufrido, y quita por completo al hombre en quien hace presa la confianza necesaria para libertarse de una fantasía dañina. Finalmente, un hombre vanidoso y ligero es incapaz siempre de sentir fuertemente lo sublime; su religión carece de ternura, y es las más veces sólo una cuestión de moda, que él cumple con corrección mientras permanece frío íntimamente. Éste es el indiferentismo práctico, al que parece inclinarse principalmente el espíritu nacional francés. De él sólo está un paso la burla sacrílega, que en el fondo, considerando su valor íntimo, dista poco de una completa abjuración.

Recorriendo en una rápida ojeada las demás partes del mundo, encontramos en los árabes los hombres más nobles del Oriente, aunque con una sensibilidad que degenera mucho en lo extravagante. Es hospitalario, generoso y veraz. Pero sus narraciones y su historia, y en general sus sentimientos, van siempre mezclados con algo maravilloso. Su imaginación calenturienta le hace ver las cosas en formas monstruosas y retorcidas, y hasta la difusión de su fe religiosa fue una gran aventura. Si los árabes son como los españoles del Oriente, son los persas los franceses de Asia: poetas, corteses y de gusto bastante fino. No se ajustan estrictamente al Islam, y conceden a su carácter dispuesto a la alegría una interpretación bastante suavizada del Corán. Los japoneses podrían ser considerados como los ingleses de esta parte del mundo, si bien sólo por la constancia que degenera hasta la terquedad más exagerada, por la bravura y por el desprecio de la muerte. Por lo demás, muestran pocas señales de un gusto delicado. El gusto de los hindús se inclina, sobre todo, a un género de monstruosidades que cae en lo extravagante. Su religión tiene toda ella este carácter. Ídolos de figura extraña, el diente inapreciable del poderoso mono Hanuman, las penitencias absurdas de los faquires —monjes paganos mendicantes—, etc., caen dentro de este gusto. El sacrificio caprichoso de las mujeres, en la misma hoguera que devora el cadáver de su marido, es una monstruosidad espantosa. ¿Qué insignificancias grotescas no se encuentran en los cumplidos prolijos y cuidadosamente preparados de los chinos? Hasta sus cuadros tienen algo de monstruoso, y representan figuras extrañas y absurdas como no se encuentran por el mundo. Sus monstruosidades llegan a tener un carácter venerable sólo por ser de un uso inmemorial, y ningún pueblo del mundo las posee en mayor número.

Los negros de África carecen por naturaleza de una sensibilidad que se eleva por encima de lo insignificante. El señor Hume desafía a que se le presente un ejemplo de que un negro haya mostrado talento, y afirma que entre los cientos de millares de negros transportados a tierras extrañas, y aunque muchos de ellos hayan obtenido la libertad, no se ha encontrado uno solo que haya imaginado algo grande en el arte, en la ciencia o en cualquiera otra cualidad honorable, mientras entre los blancos se presenta frecuentemente el caso de los que por sus condiciones se levantan de un estado humilde y conquistan una reputación ventajosa. Tan esencial es la diferencia entre estas dos razas humanas; parece tan grande en las facultades espirituales como en el color. La religión de los fetiches, entre ellos extendida, es acaso una especie de culto idolátrico que cae en lo insignificante todo lo hondo que parece posible en la naturaleza humana. Una pluma de ave, un cuerno de vaca, una concha o cualquier otra cosa vulgar, una vez consagrada con algunas palabras, se convierte en objeto de reverencia y de invocación en los juramentos. Los negros son muy vanidosos, pero a su manera, y tan habladores, que es preciso separarlos a golpes.

Entre los salvajes no hay ningún pueblo que muestre un carácter tan sublime como los de Norteamérica. Tienen un fuerte sentimiento del honor, y además de buscar para conquistarlo aventuras en vastas extensiones, evitan con el mayor cuidado la menor transgresión en este punto cuando un enemigo de dureza parecida procura arrancarle lamentos con crueles torturas. El salvaje canadiense es, además, veraz y honrado. Su amistad es tan extraña y entusiasta como lo que hasta nosotros sobre este punto ha llegado de los remotos tiempos mitológicos. Es muy orgulloso, siente todo el valor de la libertad y no sufre, ni aun en la educación, un trato que le haga sentir una sumisión humillante.

Verosímilmente, Licurgo ha dado leyes a estos salvajes y si surgiere un legislador entre las seis naciones, se vería aparecer en el nuevo mundo una república espartana. La empresa de los argonautas se diferencia poco de las expediciones guerreras de estos indios, y Jasón no aventaja a Attakakullakulla más que en el honor de un nombre griego. Todos estos salvajes son poco sensibles a lo bello en sentido moral, y el generoso perdón de una injuria, a un tiempo mismo bello y noble, es completamente desconocido como virtud entre los salvajes; lo consideran como una miserable cobardía. La bravura es el mayor mérito del salvaje, y la venganza su más dulce voluptuosidad. Los demás naturales de este continente muestran pocas huellas de un carácter apto por los sentimientos delicados, y la característica de tales razas es una extraordinaria insensibilidad.

Si consideramos las relaciones sexuales en estas partes del mundo, encontramos que únicamente el europeo ha encontrado el secreto de adornar el encanto sensual de una inclinación poderosa con tantas flores, y penetrarlo con tantos elementos morales, que no sólo realza extraordinariamente los atractivos del mismo, sino que le infunde un gran decoro. El habitante del Oriente es en este punto de un gusto muy falso. Como no tiene ninguna idea de la belleza moral que puede ir unida a este instinto, pierde valor para él hasta el placer sensual, y su harén se le convierte en una fuente continua de desasosiego. Cae en todo género de absurdos amorosos, entre los cuales es el principal la imaginaria joya que pretende guardar ante todo, y cuyo valor sólo consiste en ser rota. Sobre ella se abrigan entre nosotros muchas dudas maliciosas, y para conservarla recurre a menudo e injustamente a medios repugnantes. Por eso en tales regiones la mujer permanece siempre guardada como en prisión, lo mismo de muchacha, que con un marido bárbaro, incapaz y siempre desconfiado. En tierras de los negros, ¿qué puede esperarse sino lo que en todas ellas ocurre, esto es, el sexo femenino en la más profunda esclavitud? Un cobarde es siempre un señor duro para los débiles, lo mismo que también entre nosotros resulta ser tirano en la cocina el mismo hombre que fuera de casa apenas se atreve a mirar de frente a nadie. El padre Labat cuenta ciertamente que un carpintero negro a quien reprochaba la altiva conducta con sus señoras, le respondió: "Ustedes los blancos son unos verdaderos tontos, pues primero le conceden a sus mujeres todo, y después se quejan cuando los vuelven tarumba". Parece como si en esto hubiese algo que acaso mereciese ser tomado en consideración; pero, para ahorrar palabras, baste decir que el mozo era negro de los pies a la cabeza; clara señal de que lo que decía era una simpleza. De todos los salvajes, sólo entre los canadienses disfruta, en realidad, la mujer una gran consideración. Acaso aventajan en ello a nuestros países civilizados. Y no es que les hagan esos rendimientos humildes que no pasan de simples cumplidos. No; pueden realmente mandar. Las mujeres se reúnen y deciden sobre las disposiciones más importantes de la nación, sobre la guerra y la paz. Envían para ello sus diputados al consejo masculino, y comúnmente es su voto el que decide. Pero pagan esta ventaja bastante cara. Tienen a su cargo todos los asuntos domésticos, y comparten todas las dificultades de los hombres.

Si arrojamos una ojeada sobre la historia, vemos el gusto de los hombres tomar, como un Proteo, formas siempre cambiantes. Los antiguos tiempos de los griegos y los romanos mostraron claras señales de una verdadera sensibilidad, tanto para lo bello como para lo sublime, en la poesía, la escultura, la arquitectura, la legislación y aun en las costumbres. El régimen de los emperadores romanos transformó tanto la sencillez bella como la noble en lo magnífico y después en el falso brillo, según podemos todavía verlo en los restos de su elocuencia, de su poesía y la historia misma de sus costumbres. Poco a poco se extinguió este residuo del buen gusto con la ruina completa del imperio. Los bárbaros, después de afirmar su poderío, introdujeron cierto falso gusto denominado gótico, que va a parar en lo monstruoso. No sólo en la arquitectura se veían monstruosidades, sino también en las ciencias y en los demás usos. La sensibilidad viciada seducida por un arte equivocado, prefirió toda clase de formas absurdas a la antigua sencillez de la Naturaleza, y cayó en lo exagerado o en lo insignificante. El más alto vuelo que tomó el genio humano para llegar a lo sublime consistía en extravagancias. Se veían extravagantes eclesiásticos y seglares, y a veces una monstruosa mezcla de ambos. Monjes, con el misal en una mano y la enseña militar en la otra, seguidos por ejércitos de víctimas engañadas para enterrar sus huesos bajo otros climas en una tierra sagrada; guerreros santificados por sus votos para cometer violencias e iniquidades, y después una especie singular de heroicos visionarios que se llamaban caballeros y perseguían aventuras, torneos, duelos y acciones románticas. Durante este tiempo, la religión, las ciencias y las costumbres fueron desfiguradas por miserables monstruosidades, y se observa que difícilmente degenera el gusto en un sentido sin que también muestre señales de corrupción todo lo correspondiente a la sensibilidad delicada. Los votos monásticos encerraron una gran parte de los hombres útiles en numerosas comunidades de ociosos atareados, a quienes su vida soñadora inspiraba innumerables monstruosidades escolásticas, que después salieron de sus claustros y se extendieron por el mundo. Finalmente, después que el espíritu humano se alzó de nuevo en una especie de palingenesia de una destrucción casi completa, vemos en nuestros días florecer el verdadero gusto de lo bello y de lo noble, tanto en las artes y las ciencias como en las costumbres. Sólo es de desear que el falso brillo, tan fácilmente engañador, no nos aleje de un modo insensible de la noble sencillez y, sobre todo, que el secreto aún oculto de la educación consiga ser sustraído a los antiguos errores, para elevar temprano el sentimiento moral en el pecho de todo joven ciudadano a una sensibilidad activa, de suerte que toda la delicadeza espiritual no vaya a parar en el placer fugitivo y ocioso de juzgar con mejor o peor gusto lo que acontece fuera de nosotros.

Fundamentación de la metafísica de las costumbres

Fundamentación

Las principales obras de Kant que tienen por asunto la ética son tres: *Fundamentación de la metafísica de las costumbres*, *Crítica de la razón práctica* y *Metafísica de las costumbres*. Ésta última se divide en dos partes: *Teoría de las costumbres* y *Teoría del derecho*. No debemos confundir la *Fundamentación de la metafísica de las costumbres* con la que lleva por título general *Metafísica de los costumbres*. Aquélla tiene por objeto descubrir y exponer el principio fundamental de la moralidad y criticar su posibilidad. Ésta desenvuelve el sistema mismo de la moralidad, la teoría de los deberes y la del derecho. Aquélla es, pues, como los cimientos; ésta, como el edificio de la moralidad. Podemos decir, por tanto, que la *Fundamentación* trata el mismo tema que la *Crítica de la razón práctica*. Pero lo hace en un sentido más popular y corriente, a la manera de los ensayistas ingleses, mientras que la *Crítica* acomete el problema con todas las armas de la técnica filosófica y sigue un plan y unas divisiones parecidas a los de la *Crítica de la razón pura*. Por eso mismo es la *Fundamentación* la obra moral de Kant en donde su pensamiento ético llega a mayor claridad de expresión y en donde se encuentran las fórmulas más felices y preñadas de sentido.

La historia de esta obra es curiosa y, en cierto sentido, ejemplar. La preocupación por los problemas morales es, en Kant, fundamental. Incluso se ha dicho que toda su filosofía teórica es una mera preparación para la filosofía práctica; lo cual, en cierto modo, es verdad, puesto que la crítica limita las facultades metafísicas de la especulación teórica, precisamente para abrir camino a la práctica, y en Kant la religión se funda en la moral y no la moral en la religión. Además, las preocupaciones morales son esenciales, no sólo en el sistema mismo, sino también en el carácter personal de Kant, educado en los principios del pietismo religioso, imbuido de un hondo sentido moral y religioso de la vida. Es pues, natural pensar que haya tomado muchas veces la pluma para escribir de asuntos éticos. Sin embargo, el primer libro importante sobre moral es esta *Fundamentación* (1785), publicada cuatro años después de la *Crítica de la razón pura.* ¿Cómo es posible esto? ¿Es que Kant, contrariamente no se ha preocupado de moral hasta después de terminada su labor teórica?

De ninguna manera. Ha ocurrido lo contrario. Pero Kant ha tenido la virtud suprema de ir destruyendo unas veces, y aplazando otras, todos los intentos y hasta obras terminadas de moral, para no dejarlas salir a la luz con la imperfección de una doctrina germinante, todavía inadecuada, aún en periodo de gestación.

La *Crítica de la razón pura* se publicó en 1781. Antes de esta fecha se conocen cuatro intentos de publicación o de redacción de obras morales. En 1765 tenía Kant terminado un libro con el título de *Principios metafísicos de la filosofía práctica.* Este libro fue anunciado en el catálogo de la feria de San Miguel, de 1765, entre las "obras que han de publicarse en breve", con el título alterado de *Crítica del gusto moral.* El libro no se publicó, ni lo conocemos más que por esos datos y títulos.

En 1767 escribe Kant a Herder: "Estoy trabajando ahora en una metafísica de las costumbres..." Sabemos de este libro también por una carta de Hamann que dice así: "El señor Kant trabaja en una metafísica de la moral que, en contraste con las que hasta ahora se han publicado, ha de investigar más bien lo que el hombre es que lo que debe ser". Con esas apreciaciones concuerdan palabras del mismo Kant a Herder, diciendo: "... mi atención se dirige principalmente a conocer la determinación propia del hombre y las limitaciones de las capacidades e inclinaciones humanas". Como se ve por todo esto, la citada metafísica moral, difería por completo de las convicciones que Kant expresa luego en sus tratados del periodo crítico. Su pensamiento se iba formando, y aquellos primeros ensayos no podían satisfacerle.

En 1770 nuevamente aparece Kant entregado a reflexiones de índole moral. En septiembre escribe a Lambert: "Me propongo en el próximo invierno trabajar en investigaciones sobre la filosofía moral pura, en la cual *no se hallan principios empíricos* de ninguna especie, y, por decirlo así, poner orden en la metafísica de las costumbres". Como se ve, el punto de vista ha cambiado radicalmente. Ha comenzado el periodo de la crítica. Ya Kant está casi en posesión de su filosofía original y definitiva.

Que ésta se fragua en su mente como un todo que comprende la teoría y la práctica, la lógica, la moral y la metafísica, se desprende del proyecto que en 1771 comunica Kant a Marcus Hertz y que consiste en una gran obra, titulada *Los límites de la sensibilidad y de la razón,* cuya primera parte había de ser una crítica de la razón pura y la segunda había de contener "los primeros fundamentos de la moralidad" o "los principios puros de la moralidad".

Luego viene el gran silencio de diez años. Kant, desde 1771 a 1781 no escribe casi, ni siquiera cartas a sus más íntimos. Es el recogimiento absoluto del esfuerzo íntimo; es la gestación de un mundo nuevo de ideas. Cuando estuvo en su cerebro todo trabado y organizado, Kant toma la pluma y en seis meses —el tiempo material de escribirla— redactó la *Crítica de la razón pura.*

La *Fundamentación de la metafísica de las costumbres* se publica cuatro años después de la *Crítica de la razón pura.* Se hubiera hecho antes si los efectos públicos de la *Crítica de la razón pura* no hubiesen obligado a Kant a ocuparse de la redacción y publicación de los *Prolegómenos.* Pero ya nada podía oponerse a la rápida redacción de todas las demás obras en que el gran filósofo desenvuelve el conjunto de su filosofía trascendental. Se siguen en serie ininterrumpida hasta la muerte de Kant.

Prólogo

La antigua filosofía griega se dividía en tres ciencias: la *física,* la *ética* y la *lógica.* Esta división es perfectamente adecuada a la naturaleza de la cosa y nada hay que corregir en ella; pero convendrá quizá añadir el principio en que se funda, para cerciorarse así de que efectivamente es completa y poder determinar exactamente las necesarias subdivisiones.

Todo conocimiento racional, o es *material* y considera algún objeto, o es *formal* y se ocupa tan sólo de la forma del entendimiento y de la razón misma, y de las reglas universales del pensar en general, sin distinción de objetos. La filosofía formal se llama *lógica;* la filosofía material, empero, que tiene referencia a determinados objetos y a las leyes a que éstos están sometidos, se divide a su vez en dos, porque las leyes son, o leyes de la *naturaleza,* o leyes de la *libertad.* La ciencia de las primeras se llama *física;* la de las segundas, *ética;* aquella también suele llamarse teoría de la naturaleza, y ésta, teoría de las costumbres.

La lógica no puede tener una parte empírica, es decir, una parte en que las leyes universales y necesarias del pensar descansen en fundamentos que hayan sido derivados de la experiencia, pues de lo contrario, no sería lógica, es decir, un canon para el entendimiento o para la razón, que vale para todo pensar y debe ser demostrado. En cambio, tanto la filosofía natural, como la filosofía moral, pueden tener cada una su parte empírica, porque aquélla debe determinar las leyes de la Naturaleza como un objeto de la experiencia, y ésta, las de la voluntad del hombre, en cuanto el hombre es afectado por la Naturaleza; las primeras considerándolas como leyes por las cuales todo sucede, y las segundas, como leyes según las cuales todo debe suceder, aunque, sin embargo, se examinen las condiciones por las cuales muchas veces ello no sucede.

Puede llamarse *empírica* toda filosofía que arraiga en fundamentos de la experiencia; pero la que presenta sus teorías derivándolas exclusivamente de principios *a priori*, se llama filosofía *pura*. Ésta última, cuando es meramente formal, se llama *lógica*; pero si se limita a determinados objetos del entendimiento, se llama entonces *metafísica*.

De esta manera se origina la idea de una doble metafísica, una *metafísica* de la *naturaleza* y una *metafísica* de las *costumbres*. La física, pues, tendrá su parte empírica, pero también una parte racional; la ética igualmente, aun cuando aquí la parte empírica podría llamarse especialmente *antropología práctica*, y la parte racional, propiamente *moral*.

Todas las industrias, oficios y artes han ganado mucho con la división del trabajo; por lo cual no lo hace todo una sola persona, sino que cada sujeto se limita a cierto trabajo, que se distingue notablemente de otros por su modo de verificarse para poderlo realizar con la mayor perfección y mucha más facilidad. Donde las labores no están así diferenciadas y divididas, donde cada hombre es un artífice universal, allí yacen los oficios aún en la mayor barbarie.

No sería ciertamente un objeto indigno de consideración el preguntarse si la filosofía pura, en todas sus partes, no exige para cada una un investigador especial, y si no sería mejor, para el conjunto del oficio científico, el dirigirse a todos esos que, de conformidad con el gusto del público, se han ido acostumbrando a venderle una mezcla de lo empírico con lo racional, en proporciones de toda especie, desconocidas aun para ellos mismos; a esos que se llaman pensadores independientes, como asimismo a esos otros que se limitan a aderezar simplemente la parte racional y se llaman soñadores; dirigirse a ellos, digo, y advertirles que no deben despachar a la vez dos asuntos harto diferentes en la manera de ser tratados, cada uno de los cuales exige quizá un talento peculiar y cuya reunión en una misma persona sólo puede producir obras mediocres y sin valor. Pero he de limitarme a preguntar aquí si la naturaleza misma de la ciencia no requiere que se separe siempre cuidadosamente la parte empírica de la parte racional y, antes de la física propiamente dicha (la empírica), se exponga una metafísica de la Naturaleza, como asimismo antes de la antropología práctica se exponga una metafísica de las costumbres; ambas metafísicas deberán estar cuidadosamente purificadas de todo lo empírico, y esa previa investigación nos daría a conocer lo que la razón pura en ambos casos puede por sí sola construir y de qué fuentes toma esa en enseñanza *a priori*. Este asunto, por lo demás, puede ser tratado por todos los moralistas —cuyo número es legión— o sólo por algunos que sientan vocación para ello.

Como mi propósito aquí se endereza tan sólo a la filosofía moral, circunscribiré la precitada pregunta a los términos siguientes: ¿No se cree que es de la más urgente necesidad elaborar por fin una filosofía moral pura, que esté enteramente limpia de todo cuanto pueda ser empírico y perteneciente a la antropología? Que tiene que haber una filosofía moral semejante se advierte con evidencia por la idea común del deber y de las leyes morales. Todo el mundo ha de confesar que una ley, para valer moralmente, esto es, como fundamento de una obligación, tiene que llevar consigo una necesidad absoluta; que el mandato siguiente: no debes mentir, no tiene su validez limitada a los hombres, como si otros seres racionales pudieran desentenderse de él, y asimismo las demás leyes propiamente morales; que, por lo tanto, el fundamento de la obligación no debe buscarse en la naturaleza del hombre o en las circunstancias del Universo en que el hombre está puesto, sino *a priori* exclusivamente en conceptos de la razón pura, y que cualquier otro precepto que se funde en principios de la mera experiencia, incluso un precepto que, siendo universal en cierto respecto, se asiente en fundamentos empíricos, aunque no fuese más que en una mínima parte, acaso tan sólo por un motivo de determinación, podrá llamarse una regla práctica, pero nunca una ley moral.

Así, pues, las leyes morales, con sus principios, se diferencian, en el conocimiento práctico, de cualquier otro que contenga algo empírico; y esa diferencia no sólo es esencial, sino que la filosofía moral toda descansa enteramente sobre su parte pura, y, cuando es aplicada al hombre, no aprovecha lo más mínimo del conocimiento del mismo —antropología—, sino que le da, como a ser racional, leyes *a priori*. Estas leyes requieren ciertamente un Juicio bien templado y acerado por la experiencia para saber distinguir en qué casos tienen aplicación y en cuáles no, y para procurarles acogida en la voluntad del hombre y energía para su realización; pues el hombre, afectado por tantas inclinaciones, aunque es capaz de concebir la idea de una razón pura práctica, no puede tan fácilmente hacerla eficaz *in concreto* en el curso de su vida.

Una metafísica de las costumbres es, pues, indispensable, necesaria, y lo es, no sólo por razones de orden especulativo para descubrir el origen de los principios prácticos que están *a priori* en nuestra razón, sino porque las costumbres mismas están expuestas a toda suerte de corrupciones, mientras falte ese hilo conductor y norma suprema de su exacto enjuiciamiento. Porque lo que debe ser moralmente bueno no basta que sea *conforme* a la ley moral, sino que tiene que suceder por la ley moral; de lo contrario, esa conformidad será muy contingente e incierta, porque el fundamento inmoral producirá a veces acciones conformes a la ley, aun cuando más a menudo las produzca contrarias. Ahora bien, la ley moral, en su pureza y legítima esencia —que es lo que más importa en lo práctico—, no puede buscarse más que en una filosofía pura; esta metafísica deberá, pues, preceder, y sin ella no podrá haber filosofía moral ninguna, y aquella filosofía que mezcla esos principios puros con los empíricos no merece el nombre de filosofía —pues lo que precisamente distingue a ésta del conocimiento vulgar de la razón es que la filosofía expone en ciencias separadas lo que el conocimiento vulgar concibe sólo mezclado y confundido—, y mucho menos aún el de filosofía moral, porque justamente con esa mezcla de los principios menoscaba la pureza de las costumbres y labora en contra de su propio fin.

Y no se piense que lo que aquí pedimos sea algo de lo que tenemos ya en la propedéutica, que el célebre Wolff antepuso a su filosofía moral, a saber: esa que él llamó *filosofía práctica universal,* el camino que hemos de emprender es totalmente nuevo. Precisamente porque la de Wolff debía ser una filosofía práctica universal, no hubo de tomar en consideración una voluntad de especie particular, por ejemplo, una voluntad que no se determinase por ningún motivo empírico y sí solo y enteramente por principios *a priori,* una voluntad que pudiera llamarse pura, sino que consideró el querer en general, con todas las acciones y condiciones que en tal significación universal le corresponden, y eso distingue su filosofía práctica universal de una metafísica de las costumbres, del mismo modo que la lógica universal se distingue de la filosofía trascendental, exponiendo aquélla las acciones y reglas del pensar *en general,* mientras que ésta expone sólo las particulares acciones y reglas del pensar *puro,* es decir, del pensar por el cual son conocidos objetos enteramente *a priori*. Pues la metafísica de las costumbres debe investigar la idea y los principios de una voluntad pura posible, y no las acciones y condiciones del querer humano en general, las cuales, en su mayor parte, se toman de la psicología. Y el hecho de que en la filosofía práctica universal se hable —contra toda licitud— de leyes morales y de deber, no constituye objeción contra mis afirmaciones, pues los autores de esa ciencia permanecen en eso fieles a la idea que tienen de la misma; no distinguen los motivos que, como tales, son representados enteramente *a priori* sólo por el entendimiento, y que son los propiamente morales, de aquellos otros motivos empíricos que el entendimiento, comparando las experiencias, eleva a conceptos universales; y consideran unos y otros, sin atender a la diferencia de sus orígenes, solamente según su mayor o menor suma —estimándolos todos por igual—, y de esa suerte se hacen su concepto de *obligación,* que desde luego es todo lo que se quiera menos un concepto moral, y resulta constituido tal y como podía pedírsele a una filosofía que no juzga sobre el *origen* de todos los conceptos prácticos posibles, tengan lugar *a priori* o *a posteriori*.

Mas, proponiéndome yo dar al público muy pronto una metafísica de las costumbres, empiezo por publicar esta *Fundamentación*. En verdad, no hay para tal metafísica otro fundamento, propiamente, que la crítica de una *razón pura práctica,* del mismo modo que para la metafísica (de la Naturaleza) no hay otro fundamento que la ya publicada crítica de la razón pura especulativa. Pero aquélla no es de tan extrema necesidad como ésta, porque la razón humana, en lo moral, aun en el más vulgar entendimiento, puede ser fácilmente conducida a mayor exactitud y precisión; mientras que en el usc teórico, pero puro, es enteramente dialéctica. Además, para la crítica de una razón pura práctica exigiría yo, si ha de ser completa, poder presentar su unidad con la especulativa, en un principio común a ambas, porque al fin y al cabo no pueden ser más que una y la misma razón, que tienen que distinguirse sólo en la aplicación. Pero no podría en esto llegar todavía a ser lo completo que es preciso ser, sin entrar en consideraciones de muy distinta especie y confundir al lector. Por todo lo cual, en lugar de *Crítica de la razón pura práctica,* empleo el nombre de *Fundamentación de la metafísica de las costumbres.*

En tercer lugar, como una metafísica de las costumbres, a pesar del título atemorizador, es capaz de llegar a un grado notable de popularidad y acomodamiento al entendimiento vulgar, me ha parecido útil separar de ella la presente elaboración de los fundamentos, para no tener que introducir más tarde, en teorías más fáciles de entender, las sutilezas que en estos fundamentos son inevitables.

Sin embargo, la presente fundamentación no es más que la investigación y asiento del *principio supremo de la moralidad,* que constituye un asunto aislado, completo en su propósito, y que ha de separarse de cualquier otra investigación moral. Ciertamente que mis afirmaciones sobre esa cuestión principal importantísima, y hasta hoy no dilucidada, ni con mucho, satisfactoriamente, ganarían en claridad aplicando el mismo principio al sistema todo y obtendrían notable confirmación haciendo ver cómo en todos los puntos se revelan suficientes y aplicables; pero tuve que renunciar a tal ventaja, que en el fondo sería más de amor propio que de general utilidad, porque la facilidad en el uso y la aparente suficiencia de un principio no dan una prueba enteramente segura de su exactitud; más bien, por el contrario, despierta cierta sospecha de parcialidad el no investigarlo por sí mismo sin atender a las consecuencias, y pesarlo con todo rigor.

Me parece haber elegido en este escrito el método más adecuado, que es el de pasar analíticamente del conocimiento vulgar a la determinación del principio supremo del mismo, y luego volver sintéticamente de la comprobación de ese principio y de los orígenes del mismo hasta el conocimiento vulgar, en donde encuentra su uso.

I

Tránsito del conocimiento moral, vulgar de la razón al conocimiento filosófico

Ni en el mundo, ni, en general, tampoco fuera del mundo, es posible pensar nada que pueda considerarse como bueno sin restricción, a no ser tan sólo una *buena voluntad.* El entendimiento, el gracejo, el Juicio, o como quieran llamarse los *talentos* del espíritu; el valor, la decisión, la perseverancia en los propósitos, como cualidades del temperamento, son, sin duda, en muchos respectos, buenos y deseables; pero también pueden llegar a ser extraordinariamente malos y dañinos si la voluntad que ha de hacer uso de estos dones de la Naturaleza, y cuya peculiar constitución se llama por eso *carácter,* no es buena. Lo mismo sucede con los dones de la fortuna. El poder, la riqueza, la honra, la salud misma y la completa satisfacción y el contento del propio estado, bajo el nombre de *felicidad,* dan valor, y tras él, a veces arrogancia, si no existe una buena voluntad que rectifique y acomode a un fin universal el influjo de esa felicidad y con él el principio todo de la acción; sin contar con que un espectador razonable e imparcial, al contemplar las ininterrumpidas bienandanzas de un ser que no ostenta el menor rasgo de una voluntad pura y buena, no podrá nunca tener satisfacción, y así parece constituir la buena voluntad la indispensable condición que nos hace dignos de ser felices.

Algunas cualidades son incluso favorables a esa buena voluntad y pueden facilitar muy mucho su obra; pero, sin embargo, no tienen un valor interno absoluto, sino que siempre presuponen una buena voluntad que restringe la alta apreciación que solemos —con razón, por lo demás— tributarles y no nos permite considerarlas como absolutamente buenas. La mesura en las afecciones y pasiones, el dominio de sí mismo, la reflexión sobria, no son buenas solamente en muchos respectos, sino que hasta parecen constituir una parte del valor *interior* de la persona; sin embargo, están muy lejos de poder ser definidas como buenas sin restricción —aunque los antiguos las hayan apreciado así en absoluto—. Pues sin los principios de una buena voluntad, pueden llegar a ser harto malas; y la sangre fría de un malvado, no sólo lo hace mucho más peligroso, sino mucho más despreciable inmediatamente a nuestros ojos de lo que sin eso pudiera ser considerado.

La buena voluntad no es buena por lo que efectúe o realice, no es buena por su adecuación para alcanzar algún fin que nos hayamos propuesto; es buena sólo por el querer, es decir, es buena en sí misma. Considerada por sí misma, es sin comparación, muchísimo más valiosa que todo lo que por medio de ella pudiéramos verificar en provecho o gracia de alguna inclinación y, si se quiere, de la suma de todas las inclinaciones. Aun cuando, por particulares enconos del azar o por la mezquindad de una naturaleza madrastra, le faltase por completo a esa voluntad la facultad de sacar adelante su propósito; si, a pesar de sus mayores esfuerzos, no pudiera llevar a cabo nada y sólo quedase la buena voluntad —no desde luego como un mero deseo, sino como el acopio de todos los medios que están en nuestro poder—, sería esa buena voluntad como una joya brillante por sí misma, como algo que en sí mismo poseo su pleno valor. La utilidad o la esterilidad no pueden ni añadir ni quitar nada a ese valor. Serían, por decirlo así, como la montura, para poderla tener más a la mano en el comercio vulgar o llamar la atención de los poco versados—, que los peritos no necesitan de tales reclamos para determinar su valor.

Sin embargo, en esta idea del valor absoluto de la mera voluntad, sin que entre en consideración ningún provecho al apreciarla, hay algo tan extraño que, prescindiendo de la conformidad en que la razón vulgar misma está con ella, tiene que surgir la sospecha de que acaso el fundamento de todo esto sea meramente una sublime fantasía y que quizá hayamos entendido falsamente el propósito de la Naturaleza, al darle a nuestra voluntad la razón como directora. Por lo cual vamos a examinar esa idea desde este punto de vista.

Admitimos como principio que en las disposiciones naturales de un ser organizado, esto es, arreglado con finalidad para la vida, no se encuentra un instrumento, dispuesto para un fin, que no sea el más propio y adecuado para ese fin. Ahora bien; si en un ser que tiene razón y una voluntad, fuera el fin propio de la Naturaleza su *conservación,* su *bienandanza,* en una palabra, su *felicidad,* la Naturaleza habría tomado muy mal sus disposiciones al elegir la razón de la criatura para encargarla de realizar aquel su propósito. Pues todas las acciones que en tal sentido tiene que realizar la criatura y la regla toda de su conducta se las habría prescrito con mucha mayor exactitud el instinto; y éste hubiera podido conseguir aquel fin con mucha mayor seguridad que la razón puede nunca alcanzar. Y si había que gratificar a la venturosa criatura además con la razón, ésta no tenía que haberle servido sino para hacer consideraciones sobre la feliz disposición de su naturaleza, para admirarla, regocijarse por ella y dar las gracias a la causa bienhechora que así la hizo, mas no para someter su facultad de desear a esa débil y engañosa dirección, echando así por tierra el propósito de la Naturaleza; en una palabra, la Naturaleza habría impedido que la razón se volviese hacia el uso práctico y tuviese el descomedimiento de meditar ella misma, con sus endebles conocimientos, el bosquejo de la felicidad y de los medios a ésta conducentes; la Naturaleza habría recobrado para sí, no sólo la elección de los fines, sino también de los medios mismos, y con sabia precaución los hubiera ambos entregado al mero instinto.

En realidad, encontramos que cuanto más se preocupa una razón cultivada del propósito de gozar la vida y alcanzar la felicidad, tanto más el hombre se aleja de la verdadera satisfacción; por lo cual muchos, y precisamente los más experimentados en el uso de la razón, acaban por sentir — sean lo bastante sinceros para confesarlo — cierto grado de *misología* u odio a la razón, porque, computando todas las ventajas que sacan, no digo ya de la invención de las artes, todas del lujo vulgar, sino incluso de las ciencias —que al fin y al cabo les aparecen como un lujo del entendimiento—, encuentran, sin embargo, que se han echado encima más penas y dolores que felicidad hayan podido ganar, y más bien envidian que desprecian al hombre vulgar, que está más propicio a la dirección del mero instinto natural y no consiente a su razón que ejerza gran influencia en su hacer y omitir. Y hasta aquí hay que confesar que el juicio de los que rebajan mucho y hasta declaran inferiores a cero los rimbombantes encomios de los grandes provechos que la razón nos ha de proporcionar para el negocio de la felicidad y satisfacción en la vida, no es un juicio de hombres entristecidos o desagradecidos a las bondades del gobierno del Universo; que en esos tales juicios está implícita la idea de otro y mucho más digno propósito y fin de la existencia, para el cual, no para la felicidad, está destinada propiamente la razón; y ante ese fin, como suprema condición, deben inclinarse casi todos los peculiares fines del hombre.

Pues como la razón no es bastante apta para dirigir seguramente a la voluntad, en lo que se refiere a los objetos de ésta y a la satisfacción de nuestras necesidades —que en parte la razón misma multiplica—, a cuyo fin nos hubiera conducido mucho mejor un instinto natural ingénito; como, sin embargo, por otra parte, nos ha sido concedida la razón como facultad práctica, es decir, como una facultad que debe tener influjo sobre la *voluntad*, resulta que el destino verdadero de la razón tiene que ser el de producir una *voluntad* buena, no en tal o cual respecto, como *medio,* sino *buena en sí misma,* cosa para lo cual era la razón necesaria absolutamente, si es así que la Naturaleza en la distribución de las disposiciones ha procedido por doquiera con un sentido de finalidad.

Esta voluntad no ha de ser todo el bien, ni el único bien; pero ha de ser el bien supremo y la condición de cualquier otro, incluso el deseo de felicidad, en cuyo caso se puede muy bien hacer compatible con la sabiduría de la Naturaleza, si se advierte que el cultivo de la razón, necesario para aquel fin primero e incondicionado, restringe en muchos modos, por lo menos en esta vida, la consecución del segundo fin, siempre condicionado, a saber: la felicidad, sin que por ello la Naturaleza se conduzca contrariamente a su sentido finalista, porque la razón, que reconoce su destino práctico supremo en la fundación de una voluntad buena, no puede sentir en el cumplimiento de tal propósito más que una satisfacción de especie peculiar, a saber, la que nace de la realización de un fin que sólo la razón determina, aunque ello tenga que ir unido a algún quebranto para los fines de la inclinación.

Para desenvolver el concepto de una voluntad digna de ser estimada por sí misma, de una voluntad buena sin ningún propósito ulterior, tal como ya se encuentra en el sano entendimiento natural, sin que necesite ser enseñado, sino, más bien explicado, para desenvolver ese concepto que se halla siempre en la cúspide de toda la estimación que hacemos de nuestras acciones y que es la condición de todo lo demás, vamos a considerar el concepto del *deber,* que contiene el de una voluntad buena, si bien bajo ciertas restricciones y obstáculos subjetivos, los cuales, sin embargo, lejos de ocultarlo y hacerlo incognoscible, más bien por contraste lo hacen resaltar y aparecer con mayor claridad.

Prescindo aquí de todas aquellas acciones conocidas ya como contrarias al deber, aunque en este o aquel sentido puedan ser útiles; en efecto, en ellas ni siquiera se plantea la cuestión de si pueden suceder *por deber,* puesto que ocurren en contra de éste. También dejaré a un lado las acciones que, siendo realmente conformes al deber, no son de aquellas hacia las cuales el hombre siente *inclinación* inmediatamente; pero, sin embargo, las lleva a cabo porque otra inclinación le empuja a ello. En efecto, en estos casos puede distinguirse muy fácilmente si la acción conforme al deber ha sucedido *por deber* o por una intención egoísta. Mucho más difícil de notar es esa diferencia cuando la acción es conforme al deber y el sujeto, además, tiene una inclinación *inmediata* hacia ella. Por ejemplo: es, desde luego, conforme al deber que el mercader no cobre más caro a un comprador inexperto; y en los sitios donde hay mucho comercio, el comerciante avisado y prudente no lo hace, en efecto, sino que mantiene un precio fijo para todos en general, de suerte que un niño puede comprar en su casa tan bien como otro cualquiera. Así, pues, uno es servido *honradamente.* Mas esto no es ni mucho menos suficiente para creer que el mercader haya obrado así por deber, por principios de honradez: su provecho lo exigía; mas no es posible admitir además que el comerciante tenga una inclinación inmediata hacia los compradores, de suerte que por amor a ellos, por decirlo así, no haga diferencias a ninguno en el precio. Entonces, la acción no ha sucedido ni por deber ni por inclinación inmediata, sino simplemente con una intención egoísta.

En cambio, conservar cada cual su vida es un deber, y además todos tenemos una inmediata inclinación a hacerlo así. Mas, por eso mismo, el cuidado angustioso que la mayor parte de los hombres pone en ello no tiene un valor interior, y la máxima que rige ese cuidado carece de un contenido moral. Conservan su vida *conformemente al deber,* sí; pero no *por deber.* En cambio, cuando las adversidades y una pena sin consuelo han arrebatado a un hombre todo el gusto por la vida, si este infeliz, con ánimo entero y sintiendo más indignación que apocamiento o desaliento, y aun deseando la muerte, conserva su vida, sin amarla, sólo por deber y no por inclinación o miedo, entonces su máxima sí tiene un contenido moral.

Ser benéfico en cuanto se puede es un deber; pero, además, hay muchas almas tan llenas de conmiseración, que encuentran un placer íntimo en distribuir la alegría en torno suyo, sin que a ello les impulse ningún movimiento de vanidad o de provecho propio, y que pueden regocijarse del contento de los demás, en cuanto que es su obra. Pero yo sostengo que, en tal caso, semejantes actos, por muy conformes que sean al deber, por muy dignos de amor que sean, no tienen, sin embargo, un valor moral verdadero y corren parejas con otras inclinaciones; por ejemplo, con el afán de honrar, lo cual, cuando, por fortuna, se refiere a cosas que son en realidad de general provecho, conformes al deber y, por tanto, honrosas, merece alabanzas y estímulos, pero no estimación; pues le falta a la máxima contenido moral, esto es, que las tales acciones sean hechas, no por inclinación, sino *por deber.*

Pero supongamos que el ánimo de ese filántropo está envuelto en las nubes de un propio dolor, que apaga en él toda conmiseración por la suerte del prójimo; supongamos, además, que le queda todavía con qué hacer el bien a otros miserables, aunque la miseria ajena no lo conmueve, porque lo basta la suya para ocuparle; si entonces, cuando ninguna inclinación le empuja a ello, sabe desasirse de esa mortal insensibilidad y realiza la acción benéfica sin inclinación alguna, sólo por deber, entonces, y sólo entonces, posee esta acción su verdadero valor moral. Pero hay más aún: un hombre a quien la Naturaleza haya puesto en el corazón poca simpatía; un hombre que, siendo, por lo demás, honrado, fuese de temperamento frío e indiferente a los dolores ajenos, acaso porque él mismo acepta los suyos con el don peculiar de la paciencia y fuerza de resistencia, y supone estas mismas cualidades, o hasta las exige, igualmente en los demás; un hombre como éste —que no sería de seguro el peor producto de la Naturaleza—, desprovisto de cuanto es necesario para ser un filántropo, ¿no encontraría, sin embargo, en sí mismo cierto germen capaz de darle un valor mucho más alto que el que pueda derivarse de un temperamento bueno? ¡Es claro que sí! Precisamente en ello estriba el valor del carácter moral, del carácter que, sin comparación, es el supremo: en hacer el bien, no por inclinación, sino por deber.

Asegurar la felicidad propia es un deber —al menos indirecto—; pues el que no está contento con su estado, el que se ve apremiado por muchos cuidados, sin tener satisfechas sus necesidades, pudiera fácilmente ser víctima de la *tentación de infringir sus deberes*. Pero, aun sin referirnos aquí al deber, ya tienen los hombres todos por sí mismos una poderosísima e íntima inclinación hacia la felicidad, porque justamente en esta idea se reúnen en suma total todas las inclinaciones. Pero el precepto de la felicidad está las más veces constituido de tal suerte que perjudica grandemente a algunas inclinaciones, y, sin embargo, el hombre no puede hacerse un concepto seguro y determinado de esa suma de la satisfacción de todas ellas, bajo el nombre de felicidad; por lo cual no es de admirar que una inclinación única, bien determinada en cuanto a lo que ordena y al tiempo en que cabe satisfacerla, pueda vencer una idea tan vacilante, y algunos hombres —por ejemplo, uno que sufra de la gota— puedan preferir saborear lo que les agrada y sufrir lo que sea preciso, porque, según su apreciación, no van a perder el goce del momento presente por atenerse a las esperanzas, acaso infundadas, de una felicidad que debe hallarse en la salud. Pero aun en este caso, aunque la universal tendencia a la felicidad, no determine su voluntad, aunque la salud no entre para él tan necesariamente en los términos de su apreciación, queda, sin embargo, aquí, como en todos los demás casos, una ley, a saber: la de procurar cada cual su propia felicidad, no por inclinación, sino por deber, y sólo entonces tiene su conducta un verdadero valor moral.

Así hay que entender, sin duda alguna, los pasajes de la Escritura en donde se ordena que amemos al prójimo, incluso al enemigo. En efecto, el amor, como inclinación, no puede ser mandado; pero hacer el bien por deber, aun cuando ninguna inclinación empuje a ello y hasta se oponga una aversión natural e invencible, es amor práctico y no *patológico,* amor que tiene su asiento en la voluntad y no en una tendencia de la sensación, que se funda en principios de la acción y no en tierna compasión, y éste es el único que puede ser ordenado.

La segunda proposición es ésta: una acción hecha por deber tiene su valor moral, *no en el propósito* que por medio de ella se quiere alcanzar, sino en la máxima por la cual ha sido resuelta; no depende, pues, de la realidad del objeto de la acción, sino meramente del principio *del querer,* según el cual ha sucedido la acción, prescindiendo de todos los objetos de la facultad del desear. Por lo anteriormente dicho se ve con claridad que los propósitos que podamos tener al realizar las acciones, y los efectos de éstas, considerados como fines y motores de la voluntad, no pueden proporcionar a las acciones ningún valor absoluto y moral. ¿Dónde, pues, puede residir este valor, ya que no debe residir en la voluntad, en la relación con los efectos esperados? No puede residir sino en el *principio de la voluntad,* prescindiendo de los fines que puedan realizarse por medio de la acción, pues la voluntad, puesta entre su principio *a priori,* que es formal, y su resorte *a posteriori,* que es material, se encuentra, por decirlo así, en una encrucijada, y como ha de ser determinada por algo, tendrá que ser determinada por el principio formal del querer en general, cuando una acción sucede por deber, puesto que todo principio material le ha sido sustraído.

La tercera proposición, consecuencia de las dos anteriores, la formularía yo de esta manera: *el deber es la necesidad de una acción por respeto a la ley*. Por el objeto, como efecto de la acción que me propongo realizar, puedo, sí, tener *inclinación,* mas *nunca respeto,* justamente porque es un efecto y no una actividad de mera voluntad. De igual modo, por una inclinación en general, ora sea mía, ora sea de cualquier otro, no puedo tener respeto: a lo sumo, puedo, en el primer caso, aprobarla y, en el segundo, a veces incluso amarla, es decir, considerarla como favorable a mi propio provecho. Pero objeto del respeto, y por ende mandato, sólo puede serlo aquello que se relacione con mi voluntad como simple fundamento y nunca como efecto, aquello que no esté al servicio de mi inclinación, sino que la domine, al menos la descarte por completo en el cómputo de la elección, esto es, la simple ley en sí misma. Una acción realizada por deber tiene, empero, que excluir por completo el influjo de la inclinación, y con ésta todo objeto de la voluntad; no queda, pues, otra cosa que pueda determinar la voluntad, si no es, objetivamente, la *ley* y, subjetivamente, el *respeto puro* a esa ley práctica, y, por tanto, la máxima de obedecer siempre a esa ley, aun con perjuicio de todas mis inclinaciones.

Así, pues, el valor moral de la acción no reside en el efecto que de ella se espera, ni tampoco, por consiguiente, en *ningún principio* de la acción que necesite tomar su fundamento determinante en ese efecto esperado, pues todos esos efectos —el agrado del estado propio, o incluso el fomento de la felicidad ajena —pudieron realizarse por medio de otras causas, y no hacía falta para ello la voluntad de un ser racional, que es lo único en donde puede, sin embargo, encontrarse el bien supremo y absoluto. Por tanto, no otra cosa, sino sólo la *representación de la ley* en sí misma — la *cual desde luego no se encuentra más que en el ser racional*—, en cuanto que ella y no el efecto esperado es el fundamento determinante de la voluntad, puede constituir ese bien tan excelente que llamamos bien moral, el cual está presente ya en la persona misma que obra según esa ley, y que no es lícito esperar de ningún efecto de la acción.

Pero ¿cuál puede ser esa ley cuya representación, aun sin referirnos al efecto que se espera de ella, tiene que determinar la voluntad, para que ésta pueda llamarse buena en absoluto y sin restricción alguna? Como he sustraído la voluntad a todos los afanes que pudieran apartarla del cumplimiento de una ley, no queda nada más que la universal legalidad de las acciones en general —que debe ser el único principio de la voluntad—; es decir, yo no debo obrar nunca más que de modo *que pueda querer que mi máxima deba convertirse en ley universal.* Aquí es la mera legalidad en general —sin poner por fundamento ninguna ley determinada a ciertas acciones— la que sirve de principio a la voluntad, y tiene que servirle de principio si el deber no ha de ser por doquiera una vana ilusión y un concepto quimérico; y con todo esto concuerda perfectamente la razón vulgar de los hombres en sus juicios prácticos, y el principio citado no se aparta nunca de sus ojos.

Sea, por ejemplo, la pregunta siguiente: ¿me es lícito, cuando me hallo apurado, hacer una promesa con el propósito de no cumplirla? Fácilmente hago aquí la diferencia que puede comportar la significación de la pregunta: de si es prudente o de si es conforme al deber hacer una falsa promesa. Lo primero puede suceder, sin duda, muchas veces. Ciertamente, veo muy bien que no es bastante el librarme, por medio de ese recurso, de una perplejidad presente, sino que hay que considerar detenidamente si no podrá ocasionarme luego esa mentira muchos más graves contratiempos que estos que ahora consigo eludir; y como las consecuencias, a pesar de cuanta *astucia* me precie de tener, no son tan fácilmente previsibles que no pueda suceder que la pérdida de la confianza en mí sea mucho más desventajosa para mí que el daño que pretendo ahora evitar, habré de considerar si no sería más sagaz conducirme en este punto según una máxima universal y adquirir la costumbre de no prometer nada sino con el propósito de cumplirlo. Pero pronto veo claramente que una máxima como ésta se funda sólo en las consecuencias inquietantes. Ahora bien; es cosa muy distinta ser veraz por deber de serlo o serlo por temor a las consecuencias perjudiciales; porque, en el primer caso, el concepto de la acción en sí mismo contiene ya una ley para mí, y en el segundo, tengo que empezar por observar alrededor cuáles efectos para mí puedan derivarse de la acción. Si me aparto del principio del deber, de seguro es ello malo; pero si soy infiel a mi máxima de la sagacidad, puede ello a veces serme provechoso, aun cuando desde luego es más seguro permanecer adicto a ella. En cambio, para resolver de la manera más breve, y sin engaño alguno, la pregunta de si una promesa mentirosa es conforme al deber, me bastará preguntarme a mí mismo: ¿me daría yo por satisfecho si mi máxima —salir de apuros por medio de una promesa mentirosa— debiese valer como ley universal tanto para mí como para los demás? ¿Podría yo decirme a mí mismo: cada cual puede hacer una promesa falsa cuando se halla en un apuro del que no puede salir de otro modo? Y bien pronto me convenzo de que, si bien puedo querer la mentira, no puedo querer, empero, una ley universal de mentir; pues, según esta ley, no habría propiamente ninguna promesa, porque sería vano fingir a otros mi voluntad respecto de mis futuras acciones, pues no creerían ese mi fingimiento, o si por precipitación lo hicieren, me pagarían con la misma moneda; por tanto, mi máxima, tan pronto como se tornase ley universal, se destruiría a sí misma.

Para saber lo que he de hacer para que mi querer sea moralmente bueno, no necesito ir a buscar muy lejos una penetración especial. Inexperto en lo que se refiere al curso del mundo; incapaz de estar preparado para los sucesos todos que en él ocurren, bástame preguntar: ¿puedes creer que tu máxima se convierta en ley universal? Si no, es una máxima reprobable, y no por algún perjuicio que pueda ocasionarte a ti o a algún otro, sino porque no puede convenir, como principio, en una legislación universal posible; la razón, empero, me impone respeto inmediato por esta universal legislación, de la cual no conozco aún ciertamente el fundamento —que el filósofo habrá de indagar—; pero al menos comprendo que es una estimación del valor, que excede en mucho a todo valor que se aprecie por la inclinación, y que la necesidad de mis acciones por puro respeto a la ley práctica es lo que constituye el deber, ante el cual tiene que inclinarse cualquier otro fundamento determinante, porque es la condición de una voluntad buena en sí, cuyo valor está por encima de todo.

Así, pues, hemos negado al principio del conocimiento moral de la razón vulgar del hombre. La razón vulgar no precisa este principio así abstractamente y en una forma universal; pero, sin embargo, lo tiene continuamente ante los ojos y lo usa como criterio en sus enjuiciamientos. Fuera muy fácil mostrar aquí cómo, con este compás en la mano, sabe distinguir perfectamente en todos los casos que ocurren qué es bien, qué mal, qué conforme al deber o contrario al deber, cuando, sin enseñarle nada nuevo, se le hace atender tan sólo, como Sócrates hizo, a su propio principio, y que no hace falta ciencia ni filosofía alguna para saber qué es lo que se debe hacer para ser honrado y bueno y hasta sabio y virtuoso. Y esto podía haberse sospechado de antemano: que el conocimiento de lo que todo hombre está obligado a hacer y, por tanto, también a saber, es cosa que compete a todos los hombres, incluso al más vulgar. Y aquí puede verse, no sin admiración, cuán superior es la facultad práctica de juzgar que la teórica en el entendimiento vulgar humano. En ésta última, cuando la razón vulgar se atreve a salirse de las leyes de la experiencia y de las percepciones sensibles, cae en meras incomprensibilidades y contradicciones consigo misma, al menos en un caos de incertidumbre, oscuridad y vacilaciones. En lo práctico, en cambio, comienza la facultad de juzgar, mostrándose ante todo muy provechosa, cuando el entendimiento vulgar excluye de las leyes prácticas todos los motores sensibles. Y luego llega hasta la sutileza, ya sea que quiera, con su conciencia u otras pretensiones, disputar con respecto a lo que deba llamarse justo, ya sea que quiera sinceramente, para su propia enseñanza, determinar el valor de las acciones; y, lo que es más frecuente, puede en este último caso abrigar la esperanza de acertar, ni más ni menos que un filósofo, y hasta casi con más seguridad que último, porque el filósofo no puede disponer de otro principio que el mismo del hombre vulgar; pero, en cambio, puede muy bien enredar su juicio en multitud de consideraciones extrañas y ajenas al asunto y apartarlo así de la dirección recta. ¿No se da, pues, lo mejor es atenerse, en las cosas morales, al juicio de la razón vulgar y, a lo sumo, emplear la filosofía sólo para exponer cómodamente, en manera completa y fácil de comprender, el sistema de las costumbres y las reglas de las mismas para el uso —aunque más aún para la disputa—, sin quitarle al entendimiento humano vulgar, en el sentido práctico, su venturosa simplicidad, ni empujarle con la filosofía por un nuevo camino de la investigación y enseñanza?

¡Qué magnífica es la inocencia! Pero ¡qué desgracia que no se pueda conservar bien y se deje fácilmente seducir! Por eso la sabiduría misma —que consiste más en el hacer y el omitir que en el saber— necesita de la ciencia, no para aprender de ella, sino para procurar a su precepto acceso y duración. El hombre siente en sí mismo una poderosa fuerza contraria a todos los mandamientos del deber, que la razón le presenta tan dignos de respeto; consiste esa fuerza contraria en sus necesidades y sus inclinaciones, cuya satisfacción total comprende bajo el nombre de felicidad. Ahora bien, la razón ordena sus preceptos, sin prometer con ello nada a las inclinaciones, severamente y, por ende, con desprecio, por decirlo así, y desatención hacia esas pretensiones tan impetuosas y a la vez tan aceptables al parecer —que ningún mandamiento consigue nunca anular—. De aquí se origina una *dialéctica natural,* esto es, una tendencia a discutir esas estrechas leyes del deber, a poner en duda su validez, o al menos su pureza y severidad estricta, a acomodarlas en lo posible a nuestros deseos y a nuestras inclinaciones, es decir, en el fondo, a pervertirlas y a privarlas de su dignidad, cosa que al fin y al cabo la misma razón práctica vulgar no puede aprobar.

De esta suerte, la *razón humana vulgar* se ve empujada, no por necesidad alguna de especulación —cosa que no le ocurre nunca mientras se contenta con ser simplemente la sana razón—, sino por motivos prácticos, a salir de su círculo y dar un paso en el campo de una *filosofía práctica,* para recibir aquí enseñanza y clara advertencia acerca del origen de su principio y exacta determinación del mismo, en contraposición con las máximas que radican en las necesidades e inclinaciones; así podrá salir de su perplejidad sobre las pretensiones de ambas partes y no corre peligro de perder los verdaderos principios morales por la ambigüedad en que fácilmente cae. Se va tejiendo, pues, en la razón práctica vulgar, cuando se cultiva, una *dialéctica* inadvertida, que le obliga a pedir ayuda a la filosofía, del mismo modo que sucede en el uso teórico, y ni la práctica ni la teórica encontrarán paz y sosiego a no ser en una crítica completa de nuestra razón.

II

Tránsito de la filosofía moral popular a la metafísica de las costumbres

Si bien hemos sacado el concepto del deber, que hasta ahora tenemos, del uso vulgar de nuestra razón práctica, no debe inferirse de ello, en manera alguna, que lo hayamos tratado como concepto de experiencia. Es más: atendiendo a la experiencia en el hacer y el omitir de los hombres, encontramos quejas numerosas y —hemos de confesarlo— justas, por no ser posible adelantar ejemplos seguros de esa disposición de espíritu del que obra por el deber puro; que, aunque muchas acciones suceden en *conformidad* con lo que el *deber* ordena, siempre cabe la duda de si han ocurrido *por deber* y, por tanto, de si tienen un valor moral. Por eso ha habido en todos los tiempos filósofos que han negado en absoluto la realidad de esa disposición de espíritu en las acciones humanas y lo han atribuido todo al egoísmo, más o menos refinado; mas no por eso han puesto en duda la exactitud del concepto de moralidad; más bien han hecho mención, con íntima pena, de la fragilidad e impureza de la naturaleza humana, que, si bien es lo bastante noble para proponerse como precepto una idea tan digna de respeto, en cambio es al mismo tiempo harto débil para poderlo cumplir, y emplea la razón, que debiera servirle de legisladora, para administrar el interés de las inclinaciones, ya sean aisladas, ya —en el caso más elevado— en su máxima compatibilidad mutua.

Es, en realidad, absolutamente imposible determinar por experiencia y con absoluta certeza un solo caso en que la máxima de una acción, conforme por lo demás con el deber, haya tenido su asiento exclusivamente en fundamentos morales y en la representación del deber. Pues es el caso, a veces, que, a pesar del más penetrante examen, no encontramos nada que haya podido ser bastante poderoso, independientemente del fundamento moral del deber, para mover a tal o cual buena acción o a este tan grande sacrificio; pero no podemos concluir de ello con seguridad que la verdadera causa determinante de la voluntad no haya sido en realidad algún impulso secreto del egoísmo, oculto tras el mero espejismo de aquella idea; solemos preciarnos mucho de algún fundamento determinante, lleno de nobleza, pero que nos atribuimos falsamente; mas, en realidad, no podemos nunca, aun ejercitando el examen más riguroso, llegar por completo a los más recónditos motores; porque cuando se trata de valor moral no importan las acciones, que se ven, sino aquellos íntimos principios de las mismas, que no se ven.

A esos que se burlan de la moralidad y la consideran como simple visión soñada por la fantasía humana, que se excede a sí misma, llevada de su vanidad, no se les puede hacer más deseado favor que concederles que los conceptos del deber —como muchos están persuadidos, por comodidad, que sucede igualmente con todos los demás conceptos— tienen que derivarse exclusivamente de la experiencia; de ese modo, en efecto, se les prepara a aquéllos un triunfo seguro. Voy a admitir, por amor a los hombres, que la mayor parte de nuestras acciones son conformes al deber; pero si se miran de cerca los pensamientos y los esfuerzos, se tropieza por doquiera con el amado yo, que de continuo se destaca, sobre el cual se fundan los propósitos, y no sobre el estrecho mandamiento del deber que muchas veces exigiría la renuncia y el sacrificio. No se necesita ser un enemigo de la virtud; basta con observar el mundo con sangre fría, sin tomar enseguida por realidades los vivísimos deseos en pro del bien, para dudar en ciertos momentos —sobre todo cuando el observador es ya de edad avanzada y posee un Juicio que la experiencia ha afinado y agudizado para la observación— de si realmente en el mundo se encuentra una virtud verdadera. Y en esta coyuntura, para impedir que caigamos de las alturas de nuestras ideas del deber, para conservar en nuestra alma el fundado respeto a su ley, nada como la convicción clara de que no importa que no haya habido nunca acciones emanadas de esas puras fuentes, que no se trata aquí de si sucede esto o aquello, sino de que la razón, por sí misma e independientemente de todo fenómeno, ordena lo que debe suceder y que algunas acciones, de las que el mundo quizá no ha dado todavía ningún ejemplo y hasta de cuya realizabilidad puede dudar mucho quien todo lo funde en la experiencia, son ineludiblemente mandadas por la razón; así, por ejemplo, ser leal en las relaciones de amistad no podría dejar de ser exigible a todo hombre, aunque hasta hoy no hubiese habido ningún amigo leal, porque este deber reside, como deber en general, antes que toda experiencia, en la idea de una razón, que determina la voluntad por fundamentos *a priori*.

Añádase a esto que, a menos de querer negarle al concepto de moralidad toda verdad y toda relación con un objeto posible, no puede ponerse en duda que su ley es de tan extensa significación que tiene vigencia, no sólo para los hombres, sino para todos los *seres racionales en general,* no sólo bajo condiciones contingentes y con excepciones, sino por modo *absolutamente necesario;* por lo cual resulta claro que no hay experiencia que pueda dar ocasión a inferir ni siquiera la posibilidad de semejantes leyes apodícticas. Pues ¿con qué derecho podemos tributar un respeto ilimitado a lo que acaso no sea valedero más que en las condiciones contingentes de la Humanidad, y considerarlo como precepto universal para toda naturaleza racional? ¿Cómo íbamos a considerar las leyes de determinación de *nuestra* voluntad como leyes de determinación de la voluntad de un ser racional en general y, sólo como tales, valederas para nosotros, si fueran meramente empíricas y no tuvieran su origen enteramente *a priori* en la razón pura práctica?

El peor servicio que puede hacerse a la moralidad es quererla deducir de ciertos ejemplos. Porque cualquier ejemplo que se me presente de ella tiene que ser a su vez previamente juzgado según principios de la moralidad, para saber si es digno de servir de ejemplo originario, esto es, de modelo; y el ejemplo no puede en manera alguna ser el que nos proporcione el concepto de la moralidad. El mismo Santo del Evangelio tiene que ser comparado ante todo con nuestro ideal de la perfección moral, antes de que le reconozcamos como lo que es. Y él dice de sí mismo: "¿Por qué me llaman a mí —a quien están viendo— bueno? Nadie es bueno —prototipo del bien— sino sólo el único Dios —a quien ustedes no ven—". Mas ¿de dónde tomamos el concepto de Dios como bien supremo? Exclusivamente de la *idea* que la razón *a priori* bosqueja de la perfección moral y enlaza inseparablemente con el concepto de una voluntad libre. La imitación no tiene lugar alguno en lo moral, y los ejemplos sólo sirven de aliento, esto es, ponen fuera de duda la posibilidad de hacer lo que la ley manda, nos presentan intuitivamente lo que la regla práctica expresa universalmente; pero no pueden nunca autorizar a que se deje a un lado su verdadero original, que reside en la razón, para regirse por ejemplos.

Si, pues, no hay ningún verdadero principio supremo de la moralidad que no haya de descansar en la razón pura, independientemente de toda experiencia, creo yo que no es necesario ni siquiera preguntar si será bueno alcanzar *a priori* esos conceptos, con todos los principios a ellos pertinentes, exponerlos en general *–in abstracto–*, en cuanto que su conocimiento debe distinguirse del vulgar y llamarse filosófico. Mas en esta nuestra época pudiera ello acaso ser necesario. Pues si reuniéramos votos sobre lo que deba preferirse, si un conocimiento racional puro, separado de todo lo empírico, es decir, una metafísica de las costumbres, o una filosofía práctica popular, pronto se adivina de qué lado se inclinaría la balanza.

Este descender a conceptos populares es ciertamente muy plausible cuando previamente se ha realizado la ascensión a los principios de la razón pura y se ha llegado en esto a completa satisfacción. Esto quiere decir que conviene primero fundar la teoría de las costumbres en la metafísica, y luego, cuando sea firme, procurarle acceso por medio de la popularidad. Pero es completamente absurdo querer descender a lo popular en la primera investigación, de la que depende la exactitud toda de los principios. Y no es sólo que un proceder semejante no puede nunca tener la pretensión de alcanzar el mérito rarísimo de la verdadera *popularidad filosófica,* pues no se necesita mucho arte para ser entendido de todos, si se empieza por renunciar a todo conocimiento sólido y fundado, sino que además da lugar a una pútrida mezcolanza de observaciones mal cosidas y de principios medio inventados, que embelesa a los ingenios vulgares porque hallan en ella lo necesario para su charla diaria, pero que produce en los conocedores confusión y descontento, hasta el punto de hacerles apartar la vista; en cambio, los filósofos, que perciben muy bien todo ese andamiaje seductor, encuentran poca atención, cuando, después de apartarse por un tiempo de la supuesta popularidad y habiendo adquirido conocimientos determinados, podrían con justicia aspirar a ser populares.

No hay más que mirar los ensayos sobre la moralidad que se han escrito en ese gusto preferido, y se verá enseguida cómo se mezclan en extraño consorcio, ya la peculiar determinación de la naturaleza humana —comprendida en ella también la idea de una naturaleza racional en general—, ya la perfección, ya la felicidad, aquí el sentimiento moral, allá ese amor de Dios, un poquito de esto, otro poco de aquello, sin que a nadie se le ocurra preguntar si los principios de la moralidad hay que buscarlos en el conocimiento de la naturaleza humana —que no podemos obtener como no sea por la experiencia—; y en el caso de que la respuesta viniere negativa, si esos principios morales hubiese que encontrarlos por completo *a priori*, libres de todo lo que sea empírico, absolutamente en los conceptos puros de la razón, y no en otra parte, tomar la decisión de poner aparte esa investigación, como filosofía práctica pura o —si es lícito emplear un nombre tan difamado— metafísica de las costumbres, llevarla por sí sola a su máxima perfección y consolar al público, deseoso de popularidad, hasta la terminación de aquella empresa.

Pero esta metafísica de las costumbres, totalmente aislada y sin mezcla alguna de antropología, ni de teología, ni de física o hiperfísica, ni menos aún de cualidades ocultas —que pudiéramos llamar hipofísica—, no es sólo un indispensable sustrato de todo conocimiento teórico y seguramente determinado de los deberes, sino al mismo tiempo un *desideratum* de la mayor importancia para la verdadera realización de sus preceptos. Pues la representación pura del deber, y en general de la ley moral, sin mezcla alguna de ajenas adiciones de atractivos empíricos, tiene sobre el corazón humano, por el solo camino de la razón —que por medio de ella se da cuenta por primera vez de que puede ser por sí misma una razón también práctica—, un influjo tan superior a todos los demás resortes que pudieran sacarse del campo empírico, que consciente de su dignidad, desprecia estos últimos y puede poco a poco transformarse en su dueña; en cambio, una teoría de la moralidad que esté mezclada y compuesta de resortes sacados de los sentimientos y de las inclinaciones, y al mismo tiempo de conceptos racionales, tiene que dejar el ánimo oscilante entre causas determinantes diversas, irreductibles a un principio y que pueden conducir al bien sólo por modo contingente y a veces determinar el mal.

Por todo lo dicho se ve claramente: que todos los conceptos morales tienen su asiento y origen, completamente *a priori*, en la razón, y ello en la razón humana más vulgar tanto como en la más altamente especulativa; que no pueden ser abstraídos de ningún conocimiento empírico, el cual, por tanto, sería contingente; que en esa pureza de su origen reside su dignidad, la dignidad de servirnos de principios prácticos supremos; que siempre que añadimos algo empírico sustraemos otro tanto de su legítimo influjo y quitamos algo al valor ilimitado de las acciones; que no sólo la mayor necesidad exige, en sentido teórico, por lo que a la especulación interesa, sino que es de máxima importancia, en el sentido práctico, ir a buscar esos conceptos y leyes en la razón pura, exponerlos puros y sin mezcla, e incluso determinar la extensión de todo ese conocimiento práctico puro, es decir, toda la facultad de la razón pura práctica; mas no haciendo depender los principios de especial naturaleza de la razón humana, como lo permite la filosofía especulativa y hasta lo exige a veces, sino derivándolos del concepto universal de un ser racional en general, puesto que las leyes morales deben valer para todo ser racional en general, y de esta manera, la moral toda, que necesita de la antropología para su *aplicación* a los hombres, habrá de exponerse por completo primero independientemente de ésta, como filosofía pura, es decir, como metafísica —cosa que se puede hacer muy bien en esta especie de conocimientos totalmente separados—, teniendo plena conciencia de que, sin estar en posesión de tal metafísica, no ya sólo sería vano determinar exactamente lo moral del deber en todo lo que es conforme al deber, para el enjuiciamiento especulativo, sino que ni siquiera sería posible, en el mero uso vulgar y práctico de la instrucción moral, asentar las costumbres en sus verdaderos principios y fomentar así las disposiciones morales puras del ánimo e inculcarlas en los espíritus para el mayor bien del mundo.

Mas para que en esta investigación vayamos por sus pasos naturales, no sólo del enjuiciamiento moral vulgar —que es aquí muy digno de atención— al filosófico, como ya hemos hecho, sino de una filosofía popular, que no puede llegar más allá de adonde la lleve su trampear por entre ejemplos, a la metafísica —que no se deja detener por nada empírico y, teniendo que medir el conjunto total del conocimiento racional de esta clase, llega en todo caso hasta las ideas, donde los ejemplos mismos nos abandonan—, tenemos que perseguir y exponer claramente la facultad práctica de la razón, desde sus reglas universales de determinación, hasta allí donde surge el concepto del deber.

Cada cosa, en la Naturaleza, actúa según leyes. Sólo un ser racional posee la facultad de obrar por *la representación* de las leyes, esto es, por principios; posee una *voluntad.* Como para derivar las acciones de las leyes se exige *razón,* resulta que la voluntad no es otra cosa que razón práctica. Si la razón determina indefectiblemente la voluntad, entonces las acciones de este ser, que son conocidas como objetivamente necesarias, son también subjetivamente necesarias, es decir, que la voluntad es una facultad de no elegir nada más que lo que la razón, independientemente de la inclinación, conoce como prácticamente necesario, es decir, bueno. Pero si la razón por sí sola no determina suficientemente la voluntad; si la voluntad se halla sometida también a condiciones subjetivas (ciertos resortes) que no siempre coinciden con las objetivas; en una palabra, si la voluntad no es *en sí* plenamente conforme con la razón (como realmente sucede en los hombres), entonces las acciones conocidas objetivamente como necesarias son subjetivamente contingentes, y la determinación de tal voluntad, en conformidad con las leyes objetivas, se llama *constricción,* es decir, la relación de las leyes objetivas a una voluntad no enteramente buena es representada como la determinación de la voluntad de un ser racional por fundamentos de la voluntad, sí, pero por fundamentos a los cuales esta voluntad no es por su naturaleza necesariamente obediente.

La representación de un principio objetivo, en tanto que es constrictivo para una voluntad, se llama mandato (de la razón), y la fórmula del mandato se llama imperativo.

Todos los imperativos se expresan por medio de un "debe ser" y muestran así la relación de una ley objetiva de la razón a una voluntad que, por su constitución subjetiva, no es determinada necesariamente por tal ley (una constricción). Dicen que fuera bueno hacer u omitir algo; pero lo dicen a una voluntad que no siempre hace algo sólo por que se le represente que es bueno hacerlo. Es, empero, prácticamente *bueno* lo que determina la voluntad por medio de representaciones de la razón y, consiguientemente, no por causas subjetivas, sino objetivas, esto es, —por fundamentos que son válidos para todo ser racional como tal. Se distingue de lo *agradable,* siendo esto último lo que ejerce influjo sobre la voluntad por medio solamente de la sensación, por causas meramente subjetivas, que valen sólo para éste o aquél, sin ser un principio de la razón válido para cualquiera.

Una voluntad perfectamente buena se hallaría, pues, igualmente bajo leyes objetivas (del bien); pero no podría representarse como constreñida por ellas a las acciones conformes a la ley, porque por sí misma, según su constitución subjetiva, podría ser determinada por la sola representación del bien. De aquí que para la voluntad *divina* y, en general, para una voluntad *santa,* no valgan los imperativos: el *"debe ser"*no tiene aquí lugar adecuado, porque el *querer* ya de suyo coincide necesariamente con la ley. Por eso son los imperativos solamente fórmulas para expresar la relación entre las leyes objetivas del querer en general y la imperfección subjetiva de la voluntad de tal o cual ser racional; verbigracia, de la voluntad humana.

Pues bien, todos los *imperativos* mandan, ya *hipotética,* ya *categóricamente.* Aquéllos representan la necesidad práctica de una acción posible, como medio de conseguir otra cosa que se quiere (o que es posible que se quiera). El imperativo categórico sería el que representase una acción por sí misma, sin referencia a ningún otro fin, como objetivamente necesaria.

Toda ley práctica representa una acción posible como buena y, por tanto, como necesaria para un sujeto capaz de determinarse prácticamente por la razón. Resulta, pues, que todos los imperativos son fórmulas de la determinación de la acción, que es necesaria según el principio de una voluntad buena en algún modo. Ahora bien, si la acción es buena sólo como medio *para alguna otra cosa,* entonces es el imperativo *hipotético;* pero si la acción es representada como buena *en sí,* esto es, como necesaria en una voluntad conforme en sí con la razón, como un principio de tal voluntad, entonces es el imperativo *categórico.*

El imperativo dice, pues, qué acción posible por mí, es buena, y representa la regla práctica en relación con una voluntad que no hace una acción sólo por que ésta sea buena, porque el sujeto no siempre sabe que es buena, y también porque, aun cuando lo supiera, pudieran sus máximas ser contrarias a los principios objetivos de una razón práctica.

El imperativo hipotético dice solamente que la acción es buena para algún propósito *posible* o *real.* En el primer caso es un principio *problemático-práctico;* en el segundo caso es un principio *asertórico*-práctico. El imperativo categórico que, sin referencia a propósito alguno, es decir, sin ningún otro fin, declara la acción objetivamente necesaria en sí, tiene el valor de un principio *apodíctico*-práctico.

Lo que sólo es posible mediante las fuerzas de algún ser racional, puede pensarse como propósito posible para alguna voluntad; por eso los principios de la acción, en cuanto que ésta es representada como necesaria para conseguir algún propósito posible realizable de ese modo, son en realidad en número infinito. Todas las ciencias tienen alguna parte práctica, que consiste en problemas que ponen algún fin como posible para nosotros y en imperativos que dicen cómo pueda conseguirse tal fin. Éstos pueden llamarse, en general, imperativos de la *habilidad.* No se trata de si el fin es racional y bueno, sino sólo de lo que hay que hacer para conseguirlo. Los preceptos que sigue el médico para curar perfectamente al hombre y los que sigue el envenenador para matarlo, seguramente son de igual valor, en cuanto que cada uno de ellos sirve para realizar cumplidamente su propósito. En la primera juventud nadie sabe qué fines podrán ofrecérsenos en la vida; por eso los padres tratan de que sus hijos aprendan *muchas cosas* y se cuidan de darles *habilidad* para el uso de los medios útiles a toda suerte de fines *cualesquiera,* pues no pueden determinar de ninguno de éstos que no ha de ser más tarde un propósito real del educando, siendo *posible* que alguna vez lo tenga por tal; y este cuidado es tan grande, que los padres olvidan por lo común de reformar y corregir el juicio de los niños sobre el valor de las cosas que pudieran proponerse como fines.

Hay, sin embargo, un fin que puede presuponerse real en todos los seres racionales (en cuanto que les convienen los imperativos, como seres dependientes que son); hay un propósito que no sólo *pueden* tener, sino que puede presuponerse con seguridad que todos tienen, por una necesidad natural, y éste es el propósito de la *felicidad.* El imperativo hipotético que representa la necesidad práctica de la acción como medio para fomentar la felicidad es *asertórico.* No es lícito presentarlo como necesario sólo para un propósito incierto y meramente posible, sino para un propósito que podemos suponer de seguro y *a priori* en todo hombre, porque pertenece a su esencia. Ahora bien, la habilidad para elegir los medios conducentes al mayor posible bienestar propio, podemos llamarla *sagacidad* en sentido estricto. Así, pues, el imperativo que se refiere a la elección de los medios para la propia felicidad, esto es, al precepto de la sagacidad, es *hipotético;* la acción no es mandada en absoluto, sino como simple medio para otro propósito.

Por último, hay un imperativo que, sin poner como condición ningún propósito a obtener por medio de cierta conducta, manda esa conducta inmediatamente. Tal imperativo es *categórico.* No se refiere a la materia de la acción y a lo que de ésta ha de suceder, sino a la forma y al principio de donde ella sucede, y lo esencialmente bueno de la acción consiste en el ánimo que a ella se lleva, sea el éxito el que fuere. Este imperativo puede llamarse el de la *moralidad.*

El querer según estas tres clases de principios se distingue también claramente por la *desigualdad* de la constricción de la voluntad. Para hacerla patente, creo yo que la denominación más acomodada, en el orden de esos principios, sería decir que son, ora *reglas* de la habilidad, ora *consejos* de la sagacidad, ora *mandatos* (leyes) de la moralidad. Pues sólo la ley lleva consigo el concepto de una necesidad *incondicionada* y objetiva, y, por tanto, universalmente válida, y los mandatos son leyes a las cuales hay que obedecer, esto es, dar cumplimiento aun en contra de la inclinación. El *consejo,* si bien encierra necesidad, es ésta válida sólo con la condición subjetiva contingente de que este o aquel hombre cuente tal o cual cosa entre las que pertenecen a su felicidad; en cambio, el imperativo categórico no es limitado por condición alguna y puede llamarse propiamente un mandato, por ser, como es, absoluta, aunque prácticamente necesario. Los primeros imperativos podrían también llamarse *técnicos*(pertenecientes al arte); los segundos, pragmáticos (a la ventura o dicha), y los terceros, morales (a la conducta libre en general, esto es, a las costumbres).

Y ahora se plantea la cuestión: ¿cómo son posibles todos esos imperativos? Esta pregunta no desea saber cómo pueda pensarse el cumplimiento de la acción que el imperativo ordena, sino cómo puede pensarse la constricción de la voluntad que el imperativo expresa en el problema. No hace falta explicar en especial cómo sea posible un imperativo de habilidad. El que quiere el fin, quiere también (en tanto que la razón tiene influjo decisivo sobre sus acciones) el medio indispensablemente necesario para alcanzarlo, si está en su poder. Esa proposición es, en lo que respecta al querer, analítica, pues en el querer un objeto como efecto mío está pensada ya mi causalidad como causa activa, es decir, el uso de los medios, y el imperativo saca ya el concepto de las acciones necesarias para tal fin del concepto de un querer ese fin (para determinar los medios mismos conducentes a un propósito hacen falta, sin duda, proposiciones sintéticas, pero que tocan, no al fundamento para hacer real el acto de la voluntad, sino al fundamento para hacer real el objeto). Que para dividir una línea en dos partes iguales, según un principio seguro, tengo que trazar desde sus extremos dos arcos de círculo, es cosa que la matemática enseña, sin duda por proposiciones sintéticas; pero una vez que sé que sólo mediante esa acción puede producirse el citado efecto, si quiero íntegro el efecto, quiero también la acción que *es* necesaria para él, y esto último sí que es una proposición analítica, pues es lo mismo representarme algo como efecto posible de cierta manera por mí y representarme a mí mismo como obrando de esa manera con respecto al tal efecto.

Los imperativos de la sagacidad coincidirían enteramente con los de la habilidad y serían, como éstos, analíticos, si fuera igualmente fácil dar un concepto determinado de la felicidad. Pues aquí como allí, se diría: el que quiere el fin, quiere también (de conformidad con la razón, necesariamente) los únicos medios que están para ello en su poder. Pero es una desdicha que el concepto de la felicidad sea un concepto tan indeterminado que, aun cuando todo hombre desea alcanzarla, nunca puede decir por modo fijo y acorde consigo mismo lo que propiamente quiere y desea. Y la causa de ello es que todos los elementos que pertenecen al concepto de la felicidad son empíricos, es decir, tienen que derivarse de la experiencia, y que, sin embargo para la idea de la felicidad se exige un todo absoluto, un máximum de bienestar en mi estado actual y en todo estado futuro. Ahora bien, es imposible que un ente, el más perspicaz posible y al mismo tiempo el más poderoso, sí es finito, se haga un concepto determinado de lo que propiamente quiere en este punto. ¿Quiere riqueza? ¡Cuántos cuidados, cuánta envidia, cuántas asechanzas no podrá atraerse con ella! ¿Quiere conocimiento y saber? Pero quizá esto no haga sino darle una visión más aguda, que le mostrará más terribles aún los males que están ahora ocultos para él y que no puede evitar, o impondrá a sus deseos, que ya bastante le dan que hacer, nuevas y más ardientes necesidades. ¿Quiere una larga vida? ¿Quién le asegura que no ha de ser una larga miseria? ¿Quiere al menos tener salud? Pero ¿no ha sucedido muchas veces que la flaqueza del cuerpo le ha evitado caer en excesos que hubiera cometido de tener una salud perfecta? Etc., etc. En suma: nadie es capaz de determinar, por un principio, con plena certeza, qué es lo que le haría verdaderamente feliz, porque para tal determinación fuera indispensable tener omnisciencia. Así, pues, para ser feliz, no cabe obrar por principios determinados, sino sólo por consejos empíricos: por ejemplo, de dieta, de ahorro, de cortesía, de comedimiento, etc.; la experiencia enseña que estos consejos son los que mejor fomentan, por término medio, el bienestar. De donde resulta que los imperativos de la sagacidad hablando exactamente, no pueden mandar, esto es, exponer objetivamente ciertas acciones como *necesarias* prácticamente; hay que considerarlos más bien como consejos *(consilia)* que como mandatos *(praecepta)* de la razón. Así, el problema: "determinar con seguridad y universalidad qué acción fomente la felicidad de un ser racional", es totalmente insoluble. Por eso no es posible con respecto a ella un imperativo que mande en sentido estricto realizar lo que nos haga felices, porque la felicidad no es un ideal de la razón, sino de la imaginación, que descansa en meros fundamentos empíricos, de los cuales en vano se esperará que hayan de determinar una acción por la cual se alcance la totalidad de una serie, en realidad infinita, de consecuencias. Este imperativo de la sagacidad sería además —admitiendo que los medios para llegar a la felicidad pudieran indicarse con certeza— una proposición analítico—práctica, pues sólo se distingue del imperativo de la habilidad en que en éste el fin es sólo posible y en aquél el fin está dado; pero como ambas ordenan sólo los medios para aquello que se supone ser querido como fin, resulta que el imperativo que manda querer los medios a quien quiere el fin es en ambos casos analítico. Así, pues, con respecto a la posibilidad de tal imperativo, no hay dificultad alguna.

En cambio, el único problema que necesita solución es, sin duda alguna, el de cómo sea posible el imperativo de la *moralidad,* porque éste no es hipotético y, por tanto, la necesidad representada objetivamente no puede asentarse en ninguna suposición previa, como en los imperativos hipotéticos. Sólo que no debe perderse de vista que no existe *ejemplo alguno* y, por tanto, manera alguna de decidir empíricamente si hay semejante imperativo; precisa recelar siempre que todos los que parecen categóricos puedan ser ocultamente hipotéticos. Así, por ejemplo, cuando se dice: "no debes hacer promesas falsas", y se admite que la necesidad de tal omisión no es un mero consejo encaminado a evitar un mal mayor, como sería si se dijese: "no debes hacer promesas, no vayas a perder tu crédito al ser descubierto" sino que se afirma que una acción de esta especie tiene que considerarse como mala en sí misma, entonces es categórico el imperativo de la prohibición. Mas no se puede en ningún ejemplo mostrar con seguridad que la voluntad aquí se determina sin ningún otro motor y sólo por la ley, aunque así lo parezca, pues siempre es posible que en secreto tenga influjo sobre la voluntad el temor de la vergüenza, o acaso también el recelo oscuro de otros peligros. ¿Quién puede demostrar la no existencia de una causa, por la experiencia, cuando ésta no nos enseña nada más sino que no percibimos la tal causa? De esta manera, empero, el llamado imperativo moral, que aparece como tal imperativo categórico e incondicionado, no sería en realidad sino un precepto pragmático, que nos hace atender a nuestro provecho y nos enseña solamente a tenerlo en cuenta.

Tendremos, pues, que inquirir enteramente *a priori* la posibilidad de un imperativo categórico, porque aquí no tenemos la ventaja de que la realidad del mismo nos sea dada en la experiencia y, por tanto, de que la posibilidad nos sea necesaria sólo para explicarlo y no para asentarlo. Mas provisionalmente hemos de comprender lo siguiente: que el imperativo categórico es el único que se expresa en ley práctica, y los demás imperativos pueden llamarse principios, pero no leyes de la voluntad; porque lo que es necesario hacer sólo como medio para conseguir un propósito cualquiera, puede considerarse en sí como contingente, y en todo momento podemos quedar libres del precepto con renunciar al propósito, mientras que el mandato incondicionado no deja a la voluntad ningún arbitrio como respecto al objeto y, por tanto, lleva en al aquella necesidad que exigimos siempre en la ley.

En segundo lugar, en este imperativo categórico, o ley de la moralidad, es muy grande también el fundamento de la dificultad —de penetrar y conocer la posibilidad del mismo—. Es una proposición sintético-práctica *a priori*, y puesto que el conocimiento de la posibilidad de esta especie de proposiciones fue ya muy difícil en la filosofía teórica, fácilmente se puede inferir que no lo habrá de ser menos en la práctica.

En este problema ensayaremos primero a ver si el mero concepto de un imperativo categórico no nos proporcionará acaso también la fórmula del mismo, que contenga la proposición que pueda ser un imperativo categórico, pues aun cuando ya sepamos cómo dice, todavía necesitaremos un esfuerzo especial y difícil para saber cómo sea posible este mandato absoluto, y ello lo dejaremos para el último capítulo.

Cuando pienso en general un imperativo hipotético, no sé de antemano lo que contendrá; no lo sé hasta que la condición me es dada. Pero si pienso un imperativo categórico, ya sé al punto lo que contiene, pues como el imperativo, aparte de la ley, no contiene más que la necesidad de la máxima de conformarse con esa ley, y la ley, empero, no contiene ninguna condición a que esté limitada, no queda, pues, nada más que la universalidad de una ley en general, a la que ha de conformarse la máxima de la acción, y esa conformidad es lo único que el imperativo representa propiamente como necesario.

El imperativo categórico es, pues, único, y es como sigue: *obra sólo según una máxima tal que puedas querer al mismo tiempo que se tornó ley universal.*

Ahora, si de este único imperativo pueden derivarse, como de su principio, todos los imperativos del deber, podremos —aun cuando dejemos sin decidir si eso que llamamos deber no será acaso un concepto vacío— al menos mostrar lo que pensamos al pensar el deber y lo que este concepto quiere decir.

La universalidad de la ley por la cual suceden efectos constituye lo que se llama naturaleza en su más amplio sentido (según la forma); esto es, la existencia de las cosas, en cuanto que está determinada por leyes universales. Resulta de aquí que el imperativo universal del deber puede formularse: *obra como si la máxima de tu acción debiera tornarse, por tu voluntad, ley universal de la Naturaleza.*

Vamos ahora a enumerar algunos deberes, según la división corriente que se hace de ellos en deberes para con nosotros mismos y para con los demás hombres, deberes perfectos e imperfectos.

1°. Uno que, por una serie de desgracias lindantes con la desesperación, siente despego de la vida, tiene aún bastante razón para preguntarse si no será contrario al deber para consigo mismo el quitarse la vida. Pruebe a ver si la máxima de su acción puede tornarse ley universal de la Naturaleza. Su máxima, empero, es: me hago por egoísmo un principio de abreviar mi vida cuando ésta, en su largo plazo, me ofrezca más males que agrado. Se trata ahora de saber si tal principio del egoísmo puede ser una ley universal de la naturaleza. Pero pronto se ve que una Naturaleza cuya ley fuese destruir la vida misma, por la misma sensación cuya determinación es atizar el fomento de la vida, sería contradictoria y no podría subsistir como naturaleza; por tanto, aquella máxima no puede realizarse como ley natural universal y, por consiguiente, contradice por completo al principio supremo de todo deber.

2°. Otro se ve apremiado por la necesidad a pedir dinero en préstamo. Bien sabe que no podrá pagar, pero sabe también que nadie le prestará nada como no prometa formalmente devolverlo en determinado tiempo. Siente deseos de hacer tal promesa, pero aún le queda conciencia bastante para preguntarse: ¿no está prohibido, no es contrario al deber salir de apuros de esta manera? Supongamos que decida, sin embargo, hacerlo. Su máxima de acción sería ésta: cuando me crea estar apurado de dinero, tomaré a préstamo y prometeré el pago, aun cuando sé que no lo voy a verificar nunca. Este principio del egoísmo o de la propia utilidad es quizá muy compatible con todo mi futuro bien estar. Pero la cuestión ahora es ésta: ¿es ello lícito? Transformo, pues, la exigencia del egoísmo en una ley universal y dispongo así la pregunta: ¿qué sucedería si mi máxima se tornase ley universal? Enseguida veo que nunca puede valer como ley natural universal, ni convenir consigo misma, sino que siempre ha de ser contradictoria, pues la universalidad de una ley que diga que quien crea estar apurado puede prometer lo que se le ocurra proponiéndose no cumplirlo, haría imposible la promesa misma y el fin que con ella pueda obtenerse, pues nadie creería que recibe una promesa y todos se reirían de tales manifestaciones como de un vano engaño.

3°. Un tercero encuentra en sí cierto talento que, con la ayuda de alguna cultura, podría hacer de él un hombre útil en diferentes aspectos. Pero se encuentra en circunstancias cómodas y prefiere ir la caza de los placeres que esforzarse por ampliar y mejorar sus felices disposiciones naturales. Pero se pregunta si su máxima de dejar sin cultivo sus dotes naturales se compadece, no sólo con su tendencia a la pereza, sino también con eso que se llama el deber. Y entonces ve que bien puede subsistir una naturaleza que se rija por tal ley universal, aunque el hombre —como hace el habitante del mar del Sur— deje que se enmohezcan sus talentos y entregue su vida a la ociosidad, al regocijo y a la reproducción; en una palabra, al goce; pero no puede *querer* que ésta sea una ley natural universal o que esté impresa en nosotros como tal por el instinto natural, pues como ser racional necesariamente quiere que se desenvuelvan todas las facultades en él, porque ellas le son dadas y le sirven para toda suerte de posibles propósitos.

4°. Una cuarta persona, a quien le va bien, ve a otras luchando contra grandes dificultades. Él podría ayudarles, pero piensa: ¿qué me importa? ¡Que cada cual sea lo feliz que el cielo o él mismo quiera hacerle: nada voy a quitarle, ni siquiera le tendré envidia; no tengo ganas de contribuir a su bienestar o a su ayuda en la necesidad! Ciertamente, si tal modo de pensar fuese una ley universal de la naturaleza, podría muy bien subsistir la raza humana, y, sin duda, mejor aún que charlando todos de compasión y benevolencia, ponderándola y aun ejerciéndola en ocasiones y, en cambio, engañando cuando pueden, traficando con el derecho de los hombres, o lesionándolo en otras maneras varias. Pero aun cuando es posible que aquella máxima se mantenga como ley natural universal, es, sin embargo, imposible *querer* que tal principio valga siempre y por doquiera como ley natural, pues una voluntad que así lo decidiera se contradiría a sí misma, ya que podrían suceder algunos casos en que necesitase del amor y compasión ajenos, y entonces, por la misma ley natural oriunda de su propia voluntad, se vería privado de toda esperanza de la ayuda que desea.

Éstos son algunos de los muchos deberes reales, o al menos considerados por nosotros como tales, cuya derivación del principio único citado salta claramente a la vista. Hay que *poder querer* que una máxima de nuestra acción sea ley universal: tal es el canon del juicio moral de la misma, en general. Algunas acciones están de tal modo constituidas, que su máxima no puede, sin contradicción, ser siquiera *pensada* como ley natural universal, y mucho menos que se pueda *querer* que *deba* serlo. En otras no se encuentra, es cierto, esa imposibilidad interna, pero es imposible *querer* que su máxima se eleve a la universalidad de una ley natural, porque tal voluntad sería contradictoria consigo misma. Es fácil ver que las primeras contradicen al deber estricto —ineludible—, y las segundas, al deber amplio —meritorio—. Y así todos los deberes, en lo que toca al modo de obligar —no al objeto de la acción—, quedan, por medio de estos ejemplos, considerados íntegramente en su dependencia del principio único.

Si ahora atendemos a nosotros mismos, en los casos en que contravenimos a un deber, hallaremos que realmente no queremos que nuestra máxima deba ser una ley universal, pues ello es imposible; más bien lo contrario es lo que debe mantenerse como ley universal, pero nos tomamos la libertad de hacer una *excepción* para nosotros —o aun sólo para este caso—, en provecho de nuestra inclinación. Por consiguiente, si lo consideramos todo desde uno y el mismo punto de vista, a saber, el de la razón, hallaremos una contradicción en nuestra propia voluntad, a saber: que cierto principio es necesario objetivamente como ley universal, y, sin embargo, no vale subjetivamente con universalidad, sino que ha de admitir excepciones. Pero nosotros consideramos una vez nuestra acción desde el punto de vista de una voluntad conforme enteramente con la razón, y otra vez consideramos la misma acción desde el punto de vista de una voluntad afectada por la inclinación; de donde resulta que no hay aquí realmente contradicción alguna, sino una resistencia de la inclinación al precepto de la razón *(antagonismo);* por donde la universalidad del principio se torna en mera validez común *(generalidad),* por la cual el principio práctico de la razón debe coincidir con la máxima a mitad de camino. Aun cuando esto no puede justificarse en nuestro propio juicio, imparcialmente dispuesto, ello demuestra, sin embargo, que reconocemos realmente la validez del imperativo categórico y sólo nos permitimos —con todo respeto alguna excepciones que nos parecen insignificantes y forzadas.

Así, pues, hemos llegado, por lo menos, a este resultado: que si el deber es un concepto que debe contener significación y legislación real sobre nuestras acciones, no puede expresarse más que en imperativos categóricos y de ningún modo en imperativos hipotéticos. También tenemos —y no es poco— expuesto clara y determinadamente, para cualquier uso, el contenido del imperativo categórico que debiera encerrar el principio de todo deber —si tal hubiere—. Pero no hemos llegado aún al punto de poder demostrar *a priori* que tal imperativo realmente existe, que hay una ley práctica que manda por sí, absolutamente y sin ningún resorte impulsivo, y que la obediencia a esa ley es deber.

Teniendo el propósito de llegar a esto, es de la mayor importancia dejar sentada la advertencia: que a nadie se le ocurra derivar la realidad de ese principio *de las propiedades particulares de la naturaleza humana.* El deber ha de ser una necesidad práctico—incondicionada de la acción; ha de valer, pues, para todos los seres racionales —que son los únicos a quienes un imperativo puede referirse—, *y sólo por eso* ha de ser ley para todas las voluntades humanas. En cambio, lo que se derive de la especial disposición natural de la humanidad, lo que se derive de ciertos sentimientos y tendencias y aun, si fuese posible, de cierta especial dirección que fuere propia de la razón humana y no hubiere de valer necesariamente para la voluntad de todo ser racional; todo eso podrá darnos una máxima, pero no una ley; podrá damos un principio subjetivo, según el cual tendremos inclinación y tendencia a obrar, pero no un principio objetivo que nos *obligue* a obrar, aun cuando nuestra tendencia, inclinación y disposición natural sean contrarias. Y es más: tanto mayor será la sublimidad, la dignidad interior del mandato en un deber, cuanto menores sean las causas subjetivas en pro y mayores las en contra, sin por ello debilitar en lo más mínimo la constricción por la ley ni disminuir en algo su validez.

Vemos aquí, en realidad, a la filosofía en un punto de vista desgraciado, que debe ser firme, sin que, sin embargo, se apoye en nada ni penda de nada en el cielo ni sobre la tierra. Aquí ha de demostrar su pureza como guardadora de sus leyes, no como heraldo de las que le insinúe algún sentido impreso o no sé qué naturaleza tutora; los cuales, aunque son mejores que nada, no pueden nunca proporcionar principios, porque éstos los dicta la razón y han de tener su origen totalmente *a priori* y con ello su autoridad imperativa: no esperar nada de la inclinación humana, sino aguardarlo todo de la suprema autoridad de la ley y del respeto a la misma, o, en otro caso, condenar al hombre a despreciarse a sí mismo y a execrarse en su interior.

Todo aquello, pues, que sea empírico es una adición al principio de la moralidad y, como tal, no sólo inaplicable, sino altamente perjudicial para la pureza de las costumbres mismas, en las cuales el valor propio y superior a todo precio de una voluntad absolutamente pura consiste justamente en que el principio de la acción esté libre de todos los influjos de motivos contingentes, que sólo la experiencia puede proporcionar. Contra esa negligencia y hasta bajeza del modo de pensar, que busca el principio en causas y leyes empíricas de movimiento, no será nunca demasiado frecuente e intensa la reconvención; porque la razón humana, cuando se cansa, va gustosa a reposar en esta poltrona, y en los ensueños de dulces ilusiones —que le hacen abrazar una nube en lugar de a Juno— sustituye a la moralidad un bastardo compuesto de miembros procedentes de distintos orígenes y que se parece a todo lo que se quiera ver en él, sólo a la virtud no, para quien la haya visto una vez en su verdadera figura.

La cuestión es, pues, ésta: ¿es una ley necesaria *para todos los seres racionales* juzgar siempre sus acciones según máximas tales que puedan ellos querer que deban servir de leyes universales? Si así es, habrá de estar —enteramente *a priori*— enlazada ya con el concepto de la voluntad de un ser racional en general. Mas para descubrir tal enlace hace falta, aunque se resista uno a ello, dar un paso más y entrar en la metafísica, aunque en una esfera de la metafísica que es distinta de la de la filosofía especulativa, y es a saber: la metafísica de las costumbres. En una filosofía práctica, en donde no se trata para nosotros de admitir fundamentos de lo que *sucede*, sino leyes de lo que *debe suceder*, aun cuando ello no suceda nunca, esto es, leyes objetivas prácticas; en una filosofía práctica, digo, no necesitamos instaurar investigaciones acerca de los fundamentos de por qué unas cosas agradan o desagradan, de cómo el placer de la mera sensación se distingue del gusto, y éste de una satisfacción general de la razón; no necesitamos investigar en qué descanse el sentimiento de placer y dolor, y cómo de aquí se originen deseos e inclinaciones y de ellas máximas, por la intervención de la razón; pues todo eso pertenece a una psicología empírica, que constituiría la segunda parte de la teoría de la naturaleza, cuando se le considera como *filosofía de la naturaleza*, en cuanto que está fundada en *leyes empíricas*. Pero aquí se trata de leyes objetivas prácticas y, por tanto, de la relación de una voluntad consigo misma, en cuanto que se determina sólo por la razón, y todo lo que tiene relación con lo empírico cae de suyo; porque *si la razón por sí sola* determina la conducta —la posibilidad de la cual vamos a inquirir justamente ahora—, ha de hacerlo necesariamente *a priori*.

La voluntad es pensada como una facultad de determinarse uno a sí mismo a obrar conforme a la *representación de ciertas leyes*. Semejante facultad sólo en los seres racionales puede hallarse. Ahora bien, *fin* es lo que le sirve a la voluntad de fundamento objetivo de su autodeterminación, y el tal fin, cuando es puesto por la mera razón, debe valer igualmente para todos los seres racionales. En cambio, lo que constituye meramente el fundamento de la posibilidad de la acción, cuyo efecto es el fin, se llama *medio.* El fundamento subjetivo del deseo es el *resorte;* el fundamento objetivo del querer es el *motivo.* Por eso se hace distinción entre los fines subjetivos, que descansan en resortes, y los fines objetivos, que van a parar a motivos y que valen para todo ser racional. Los principios prácticos son *formales* cuando hacen abstracción de todos los fines subjetivos; son *materiales* cuando consideran los fines subjetivos y, por tanto, ciertos resortes. Los fines que, como *efectos* de su acción, se propone a su capricho un ser racional (fines materiales) son todos ellos simplemente relativos, pues sólo su relación con una facultad de desear del sujeto, especialmente constituida, les da el valor, el cual, por tanto, no puede proporcionar ningún principio universal válido y necesario para todo ser racional, ni tampoco para todo querer, esto es, leyes prácticas. Por eso todos esos fines relativos no fundan más que imperativos hipotéticos.

Pero suponiendo que haya algo *cuya existencia en sí misma* posea un valor absoluto, algo que, como *fin en sí mismo,* pueda ser fundamento de determinadas leyes, entonces en ello y sólo en ello estaría el fundamento de un posible imperativo categórico, es decir, de la ley práctica.

Ahora yo digo: el hombre, y en general todo ser racional, *existe* como *fin en sí mismo, no sólo como* medio para usos cualesquiera de esta o aquella voluntad; debe en todas sus acciones, no sólo las dirigidas a sí mismo, sino las dirigidas a los demás seres racionales, ser considerado siempre *al mismo tiempo como fin.* Todos los objetos de las inclinaciones tienen sólo un valor condicionado, pues si no hubiera inclinaciones y necesidades fundadas sobre las inclinaciones, su objeto carecería de valor. Pero las inclinaciones mismas, como fuentes de las necesidades, están tan lejos de tener un valor absoluto para desearlas, que más bien debe ser el deseo general de todo ser racional el librarse enteramente de ellas. Así, pues, el valor de todos los objetos que podemos *obtener* por medio de nuestras acciones es siempre condicionado. Los seres cuya existencia no descansa en nuestra voluntad, sino en la Naturaleza, tienen, empero, si son seres irracionales, un valor meramente relativo, como medios, y por eso se llaman *cosas;* en cambio, los seres racionales se llaman *personas* porque su naturaleza los distingue ya como fines en sí mismos, esto es, como algo que no puede ser usado meramente como medio, y, por tanto, limita en ese sentido todo capricho (y es un objeto del respeto). Éstos no son, pues, meros fines subjetivos, cuya existencia, como efecto de nuestra acción, tiene un valor *para nosotros,* sino que son *fines objetivos,* esto es, cosas cuya existencia es en sí misma un fin, y un fin tal, que en su lugar no puede ponerse ningún otro fin para el cual debieran ellas servir de medios, porque sin esto no hubiera posibilidad de hallar en parte alguna nada *con valor absoluto;* mas si todo valor fuero condicionado y, por tanto, contingente, no podría encontrarse para la razón ningún principio práctico supremo.

Si, pues, ha de haber un principio práctico supremo y un imperativo categórico con respecto a la voluntad humana, habrá de ser tal, que por la representación de lo que es fin para todos necesariamente, porque es *fin en sí mismo,* constituya un principio *objetivo* de la voluntad y, por tanto, pueda servir de ley práctica universal. El fundamento de este principio es: *la naturaleza racional existe como fin en sí mismo.* Así se representa necesariamente el hombre su propia existencia, y en ese respecto es ella un principio *subjetivo* de las acciones humanas. Así representa, empero, también todo ser racional su existencia, a consecuencia del mismo fundamento racional, que para mí vale; es pues, al mismo tiempo un principio *objetivo,* del cual, como fundamento práctico supremo, han de poder derivarse todas las leyes de la voluntad. El imperativo práctico será, pues, como sigue: *obra de tal modo que uses la humanidad, tanto en tu persona como en la persona de cualquier otro, siempre como un fin al mismo tiempo y nunca solamente como un medio.* Vamos a ver si esto puede llevarse a cabo.

Permaneciendo en los anteriores ejemplos, tendremos:

Primero. Según el concepto del deber necesario para consigo mismo, habrá de preguntarse quien ande pensando en el suicidio, si su acción puede padecerse con la idea de la *humanidad como fin en sí.* Si para escapar a una situación dolorosa se destruye él a sí mismo, hace uso de una persona *como mero medio* para conservar una situación tolerable hasta el fin de la vida. Mas el hombre no es una cosa; no es, pues, algo que pueda usarse como *simple medio;* debe ser considerado, en todas las acciones, como fin en sí. No puedo, pues, disponer del hombre, en mi persona, para mutilarle, estropearle, matarle. (Prescindo aquí de una determinación más precisa de este principio, para evitar toda mala inteligencia; por ejemplo, la amputación de los miembros, para conservarme, o el peligro a que expongo mi vida, para conservarla, etc. Todo esto pertenece propiamente a la moral).

Segundo. Por lo que se refiere al deber necesario para con los demás, el que está meditando en hacer una promesa falsa comprenderá al punto que quiero usar de otro hombre como de un *simple medio,* sin que éste contenga al mismo tiempo el fin en sí. Pues el que yo quiero aprovechar para mis propósitos por esa promesa no puede convenir en el modo que tengo de tratarle y ser el fin de esa acción. Clarísimamente salta a la vista la contradicción, contra el principio de los otros hombres, cuando se eligen ejemplos de ataques a la libertad y propiedad de los demás. Pues se ve al punto que el que lesiona los derechos de los hombres está decidido a usar la persona ajena como simple medio, sin tener en consideración que los demás, como seres racionales que son, deben ser estimados siempre al mismo tiempo como fines, es decir, sólo como tales seres que deben contener en sí el fin de la misma acción.

Tercero. Con respecto al deber contingente (meritorio) para consigo mismo, no basta que la acción no contradiga a la humanidad en nuestra persona, como fin en sí mismo; tiene que *concordar* con ella. Ahora bien, en la humanidad hay disposiciones para mayor perfección, que pertenecen al fin de la naturaleza en lo que se refiere a la humanidad en nuestro sujeto; descuidar esas disposiciones puede muy bien compadecerse con el *mantenimiento* de la humanidad como fin en sí, pero no con el *fomento* de tal fin.

Cuarto. Con respecto al deber meritorio para con los demás, es el fin natural, que todos los hombres tienen, su propia felicidad. Ciertamente, podría mantenerse la humanidad, aunque nadie contribuyera a la felicidad de los demás, guardándose bien de sustraerle nada; mas es una concordancia meramente negativa y no positiva, con la *humanidad como fin en sí,* el que cada cual no se esfuerce, en lo que pueda, por fomentar los fines ajenos. Pues siendo el sujeto en sí mismo, los fines de éste deben ser también, en lo posible, *mis* fines, si aquella representación ha de tener en mí *todo su* afecto.

Este principio de la humanidad y de toda naturaleza racional en general *como fin en sí mismo,* principio que es la condición suprema limitativa de la libertad de las acciones de todo hombre, no se deriva de la experiencia: primero, por su universalidad, puesto que se extiende a todos los seres racionales y no hay experiencia que alcance a determinar tanto; segundo, porque en él la humanidad es representada, no como fin del hombre —subjetivo—, esto es, como objeto que nos propongamos en realidad por fin espontáneamente, sino como fin objetivo, que, sean cualesquiera los fines que tengamos, constituye como ley la condición suprema limitativa de todos los fines subjetivos y, por tanto, debe originarse de la razón pura. En efecto, el fundamento de toda legislación práctica se halla *objetivamente* en la *regla* y en la forma de la universalidad, que la capacita para ser una ley (siempre una ley natural), según el primer principio; se halla, empero, *subjetivamente* en el *fin*. Mas el sujeto de todos los fines es todo ser racional, como fin en sí mismo, según el segundo principio; de donde sigue el tercer principio práctico de la voluntad, como condición suprema de la concordancia de la misma con la razón práctica universal, la idea de *la voluntad de todo ser racional como una voluntad universalmente legisladora.*

Según este principio, son rechazadas todas las máximas que no puedan compadecerse con la propia legislación universal de la voluntad. La voluntad, de esta suerte, no está sometida exclusivamente a la ley, sino que lo está de manera que puede ser considerada como legislándose a sí propia, y por eso mismo, y sólo por eso, sometida a la ley (de la que ella misma puede considerarse autora).

Los imperativos, según el modo anterior de representarlos, a saber: la legalidad de las acciones semejante a un *orden natural,* o la preferencia universal del fin en pro de los seres racionales en sí mismos, excluía, sin duda, de su autoridad ordenativa toda mezcla de algún interés como resorte, justamente porque eran representados como categóricos. Pero fueron solamente *admitidos* como imperativos categóricos, pues había que admitirlos así si se quería explicar el concepto de deber. Pero no podía demostrarse por sí que hubiere proposiciones prácticas que mandasen categóricamente, como tampoco puede demostrarse ahora en este capítulo. Pero una cosa hubiera podido suceder, y es que la ausencia de todo interés en el querer por deber, como característica específica que distingue el imperativo categórico del hipotético, fuese indicada en el imperativo mismo por medio de alguna determinación contenida en él, y esto justamente es lo que ocurre en la tercera fórmula del principio que ahora damos; esto es, en la idea de la voluntad de todo ser racional como *voluntad legisladora universal.*

Pues si pensamos tal voluntad veremos que una voluntad *subordinada a leyes* puede, sin duda, estar enlazada con esa ley por algún interés; pero una voluntad que es ella misma legisladora suprema no puede, en cuanto que lo es, depender de interés alguno, pues tal voluntad dependiente necesitaría ella misma de otra ley que limitase el interés de su egoísmo a la condición de valer por ley universal.

Así, pues, el *principio* de toda voluntad humana como *una voluntad legisladora por medio de todas sus máximas universalmente,* si, en efecto, es exacto, sería muy *apto* para imperativo categórico, porque, en atención a la idea de una legislación universal, *no se funda en interés alguno* y es, de todos los imperativos posibles, el único que puede ser *incondicionado,* o aún mejor, invirtiendo la oración: si hay un imperativo categórico (esto es, una ley para toda voluntad de un ser racional), sólo podrá mandar que se haga todo por la máxima de una voluntad tal que pueda tenerse a sí misma al mismo tiempo como universalmente legisladora respecto del objeto, pues sólo entonces es incondicionado el principio práctico y el imperativo a que obedece, porque no puede tener ningún interés como fundamento.

Y no es de admirar, si consideramos todos los esfuerzos emprendidos hasta ahora para descubrir el principio de la moralidad, que todos hayan fallado necesariamente. Se veía al hombre atado por su deber a leyes: mas nadie cayó en pensar que estaba sujeto a su *propia legislación,* si bien ésta es *universal,* y que estaba obligado solamente a obrar de conformidad con su propia voluntad legisladora, si bien ésta, según el fin natural, legisla universalmente. Pues cuando se pensaba al hombre sometido solamente a una ley (sea la que fuere), era preciso que esta ley llevase consigo algún interés, atracción o coacción, porque no surgía como ley de su *propia* voluntad, sino que esta voluntad era *forzada,* conforme a la ley, por *alguna otra cosa* a obrar de cierto modo. Pero esta consecuencia necesaria arruinaba irrevocablemente todo esfuerzo encaminado a descubrir un fundamento supremo del deber, pues nunca se obtenía deber, sino necesidad de la acción por cierto interés, ya fuera este interés propio o ajeno. Pero entonces el imperativo había de ser siempre condicionado y no podía servir para el mandato moral. Llamaré a este principio el de la autonomía de la voluntad, en oposición a cualquier otro que, por lo mismo, calificaré de *heteronomía.*

El concepto de todo ser racional, que debe considerarse, por las máximas todas de su voluntad, como universalmente legislador, para juzgarse a sí mismo y a sus acciones desde ese punto de vista, conduce a un concepto relacionado con él y muy fructífero, el concepto de un *reino de los fines.*

Por *reino* entiendo el enlace sistemático de distintos seres racionales por leyes comunes. Mas como las leyes determinan los fines, según su validez universal, resultará que, si prescindimos de las diferencias personales de los seres racionales y asimismo de todo contenido de sus fines privados, podrá pensarse un todo de todos los fines (tanto de los seres racionales como fines en sí, como también de los propios fines que cada cual puede proponerse) en enlace sistemático; es decir, un reino de los fines, que es posible según los ya citados principios.

Todos los seres racionales están sujetos a la ley de que cada uno de ellos debe tratarse a sí mismo y tratar a todos los demás, *nunca como simple medio,* sino *siempre al mismo tiempo como fin en sí mismo.* Mas de aquí nace un enlace sistemático de los seres racionales por leyes objetivas comunes; esto es, un reino que, como esas leyes se proponen referir esos seres unos a otros como fines y medios, puede llamarse muy bien un reino de los fines (desde luego que sólo un ideal).

Un ser racional pertenece al reino de los fines como *miembro* de él, cuando figura en él como legislador universal, pero también como sujeto a esas leyes. Pertenece al reino como *jefe,* cuando como legislador no está sometido a ninguna voluntad de otro.

El ser racional debe considerarse siempre como legislador en un reino de fines posible por libertad de la voluntad, ya sea como miembro, ya como jefe. Mas no puede ocupar este último puesto por sólo la máxima de su voluntad, sino nada más que cuando sea un ser totalmente independiente, sin exigencia ni limitación de una facultad adecuada a la voluntad.

La moralidad consiste, pues, en la relación de toda acción con la legislación, por la cual es posible un reino de los fines. Mas esa legislación debe hallarse en todo ser racional y poder originarse de su voluntad, cuyo principio es, pues, no hacer ninguna acción por otra máxima que ésta, a saber: que pueda ser la tal máxima una ley universal y, por tanto, que la voluntad, por su máxima, pueda considerarse a sí misma al mismo tiempo como universalmente legisladora. Si las máximas no son por su propia naturaleza necesariamente acordes con ese principio objetivo de los seres racionales universalmente legisladores, entonces la necesidad de la acción, según ese principio, se llama constricción práctica, esto es, *deber.* El deber no se refiere al jefe en el reino de los fines; pero sí a todo miembro y a todos en igual medida.

La necesidad práctica de obrar según ese principio, es decir, el deber, no descansa en sentimientos, impulsos e inclinaciones, sino sólo en la relación de los seres racionales entre sí, en la cual la voluntad de un ser racional debe considerarse siempre al mismo tiempo como *legisladora,* pues no podría pensarse como *fin en sí mismo.* La razón refiere, pues, toda máxima de la voluntad como universalmente legisladora a cualquier otra voluntad y también a cualquier acción para consigo misma, y esto no por virtud de ningún otro motivo práctico o en vista de algún provecho futuro, sino por la idea de la *dignidad* de un ser racional que no obedece a ninguna otra ley que aquella que él se da a sí mismo.

En el reino de los fines todo tiene o un *precio o* una *dignidad.* Aquello que tiene precio puede ser sustituido por algo *equivalente,* en cambio, lo que se halla por encima de todo precio y, por tanto, no admite nada equivalente, eso tiene una dignidad.

Lo que se refiere a las inclinaciones y necesidades del hombre tiene un *precio comercial,* lo que, sin suponer una necesidad, se conforma a cierto gusto, es decir, a una satisfacción producida por el simple juego, sin fin alguno, de nuestras facultades, tiene un *precio de afecto;* pero aquello que constituye la condición para que algo sea fin en sí mismo, eso no tiene meramente valor relativo o precio, sino un valor interno, esto es, *dignidad.*

La moralidad es la condición bajo la cual un ser racional puede ser fin en sí mismo; porque sólo por ella es posible ser miembro legislador en el reino de los fines. Así, pues, la moralidad y la humanidad, en cuanto que ésta es capaz de moralidad, es lo único que posee dignidad. La habilidad y el afán en el trabajo tienen un precio comercial; la gracia, la imaginación viva, el ingenio, tienen un precio de afecto; en cambio, la fidelidad en las promesas, la benevolencia por principio (no por instinto), tienen un valor interior. La Naturaleza, como el arte, no encierra nada que pueda sustituirlas, caso de faltar, pues su valor no consiste en los efectos que de ellas brotan, ni en el provecho y utilidad que proporcionan, sino en los sentimientos morales, esto es, en las máximas de la voluntad, que están prontas a manifestarse de esa suerte en acciones, aun cuando el éxito no las favorezca. Esas acciones no necesitan que las recomiende ninguna disposición o gusto subjetivo para considerarlas con inmediato favor y satisfacción; no necesitan de ninguna tendencia o sentimiento inmediato; presentan la voluntad, que los realiza, como objeto de un respeto inmediato, que no hace falta sino razón, para *atribuir* a la voluntad, sin que ésta haya de obtenerla por halagos, lo cual fuera, en los deberes, una contradicción. Esta apreciación da, pues, a conocer el valor de dignidad que tiene tal modo de pensar y lo aleja infinitamente de todo precio, con el cual no puede ponerse en parangón ni comparación sin, por decirlo así, menoscabar la santidad del mismo.

Y ¿qué es lo que justifica tan altas pretensiones de los sentimientos morales buenos o de la virtud? Nada menos que la participación que da al ser racional en *la legislación universal,* haciéndole por ello apto para ser miembro de un reino posible de los fines, al cual, por su propia naturaleza, estaba ya destinado, como fin en sí mismo y, por tanto, como legislador en el reino de los fines, como libre respecto de todas las leyes naturales y obedeciendo sólo a aquellas que él mismo da y por las cuales sus máximas pueden pertenecer a una legislación universal (a la que él mismo se somete al mismo tiempo). Pues nada tiene otro valor que el que la ley le determina. Pero la legislación misma, que determina todo valor, debe por eso justamente tener una dignidad, es decir, un valor incondicionado, incomparable, para el cual sólo la palabra *respeto* da la expresión conveniente de la estimación que un ser racional debe tributarle. La *autonomía* es, pues, el fundamento de la dignidad de la naturaleza humana y de toda naturaleza racional.

Las tres citadas maneras de representar el principio de la moralidad son, en el fondo, otras tantas fórmulas de una y la misma ley, cada una de las cuales contiene en sí a las otras dos. Sin embargo, hay en ellas una diferencia que, sin duda, es más subjetiva que objetivamente práctica, pues se trata de acercar una idea de la razón a la intuición (según cierta analogía) y por ello al sentimiento. Todas las máximas tienen efectivamente:

1°. Una *forma,* que consiste en la universalidad, y en este sentido se expresa la fórmula del imperativo moral, diciendo: que las máximas tienen que ser elegidas de tal modo como si debieran valer de leyes universales naturales.

2°. Una *materia,* esto es, un fin, y entonces dice la fórmula: que el ser racional debe servir como fin por su naturaleza y, por tanto, como fin en sí mismo; que toda máxima debe servir de condición limitativa de todos los fines meramente relativos y caprichosos.

3°. Una *determinación integral* de todas las máximas por medio de aquella fórmula, a saber: que todas las máximas, por propia legislación, deben concordar en un reino posible de los fines, como un reino de la Naturaleza.

La marcha sigue aquí, como por las categorías, de la *unidad* de la forma de la voluntad —universalidad de la misma—, de la *pluralidad* de la materia —los objetos, esto es, los fines— y de la *totalidad* del sistema. Pero es lo mejor, en el juicio moral, proceder siempre por el método más estricto y basarse en la fórmula universal del imperativo categórico: *obra según la máxima que pueda hacerse a sí misma al propio tiempo ley universal.* Pero si se quiere dar a la ley moral *acceso,* resulta utilísimo conducir una y la misma acción por los tres citados conceptos y acercarla así a la intuición, en cuanto ello sea posible.

Podemos ahora terminar por donde mismo hemos principiado, a saber: por el concepto de una voluntad absolutamente buena. La voluntad es *absolutamente buena* cuando no puede ser mala y, por tanto, cuando su máxima, al ser transformada en ley universal, no puede nunca contradecirse. Este principio es, pues, también su ley suprema: obra siempre por tal máxima, que puedas querer al mismo tiempo que su universalidad sea ley; ésta es la única condición bajo la cual una voluntad no puede estar nunca en contradicción consigo misma, y este imperativo es categórico. Como la validez de la voluntad, como ley universal para acciones posibles, tiene analogía con el enlace universal de la existencia de las cosas según leyes universales, que es en general lo formal de la Naturaleza, resulta que el imperativo categórico puede expresarse así: *obra según máximas que puedan al mismo tiempo tenerse por objeto a sí mismas, como leyes naturales universales.* Así está constituida la fórmula de una voluntad absolutamente buena.

La naturaleza racional se separa de las demás porque se pone a sí misma un fin. Éste sería la materia de toda buena voluntad. Pero como en la idea de una voluntad absolutamente buena, sin condición limitativa —de alcanzar este o aquel fin—, hay que hacer abstracción enteramente de todo fin a realizar —como que cada voluntad lo haría relativamente bueno—, resulta que el fin deberá pensarse aquí, no como un fin a realizar, sino como un fin *independiente* y, por tanto, de modo negativo, esto es, contra el cual no debe obrarse nunca, y que no debe, por consiguiente, apreciarse como mero medio, sino siempre al mismo tiempo como fin en todo querer. Y éste no puede ser otro que el sujeto de todos los fines posibles, porque éste es al mismo tiempo el sujeto de una posible voluntad absolutamente buena, pues ésta no puede, sin contradicción, posponerse a ningún otro objeto. El principio: "obra con respecto a todo ser racional —a ti mismo y a los demás— de tal modo que en tu máxima valga al mismo tiempo como fin en sí", es, por tanto, en el fondo, idéntico al principio: "obra según una máxima que contenga en sí al mismo tiempo su validez universal para todo ser racional". Pues si en el uso de los medios para todo fin debo yo limitar mi máxima a la condición de su validez universal como ley para todo sujeto, esto equivale a que el sujeto de los fines, esto es, el ser racional mismo, no deba nunca ponerse por fundamento de las acciones como simple medio, sino como suprema condición limitativa en el uso de todos los medios, esto es, siempre al mismo tiempo como fin.

Ahora bien, de aquí se sigue, sin disputa, que todo ser racional, como fin en sí mismo, debe poderse considerar, con respecto a todas las leyes a que pueda estar sometido, al mismo tiempo como legislador universal; porque justamente esa aptitud de sus máximas para la legislación universal lo distingue como fin en sí mismo, e igualmente su dignidad –prerrogativa– sobre todos los simples seres naturales lleva consigo el tomar sus máximas siempre desde el punto de vista de él mismo y al mismo tiempo de todos los demás seres racionales, como legisladores –los cuales por ello se llaman personas–. Y de esta suerte es posible un mundo de seres racionales –*mundus intelligibilis*– como reino de los fines, por la propia legislación de todas las personas, como miembro de él. Por consiguiente, todo ser racional debe obrar como si fuera por sus máximas siempre un miembro legislador en el reino universal de los fines. El principio formal de esas máximas es: "obra como si tu máxima debiera servir al mismo tiempo de ley universal –de todos los seres racionales–". Un reino de los fines sólo es posible, pues, por analogía con un reino de la naturaleza: aquél, según máximas, esto es, reglas que se impone a sí mismo; éste, según leyes de causas eficientes exteriormente forzadas. No obstante, al conjunto de la Naturaleza, aunque ya es considerado como máquina, se le da el nombre de reino de la naturaleza, en cuanto que tiene referencia a los seres racionales como fines suyos. Tal reino de los fines sería realmente realizado por máximas, cuya regla prescribe el imperativo categórico a todos los seres racionales, si *éstos universalmente siguieran esas máximas.* Pero aunque el ser racional no puede contar con que el reino de la naturaleza y la ordenación finalista del mismo con respecto a él, como miembro apto, habrá de coincidir con un posible reino de los fines, realizado por él, esto es, habrá de colmar su esperanza de felicidad; sin embargo, aquella ley: "obra por máximas de un miembro legislador universal en un posible reino de los fines", conserva toda su fuerza, porque manda categóricamente. Y aquí justamente está la paradoja: que solamente la dignidad del hombre, como naturaleza racional, sin considerar ningún otro fin o provecho a conseguir por ella, esto es, sólo el respeto por una mera idea, debe servir, sin embargo, de imprescindible precepto de la voluntad, y precisamente en esta independencia, que desliga la máxima de todos resortes semejantes, consiste su sublimidad y hace a todo sujeto racional digno de ser miembro legislador en el reino de los fines, pues de otro modo tendría que representarse solamente como sometido a la ley natural de sus necesidades. Aun cuando el reino de la naturaleza y el reino de los fines fuesen pensados como reunidos bajo un solo jefe y, de esta suerte, el último no fuere ya mera idea, sino que recibiese realidad verdadera, ello, sin duda, proporciona al primero el refuerzo de un poderoso resorte y motor, pero nunca aumentaría su valor interno; pues, independientemente de ello, debería ese mismo legislador único y absoluto ser representado siempre según él juzgase el valor de los seres racionales sólo por su conducta desinteresada, que les prescribe solamente aquella idea. La esencia de las cosas no se altera por sus relaciones externas, y lo que, sin pensar en estas últimas, constituye el valor absoluto del hombre, ha de ser lo que sirva para juzgarle, sea por quien fuere, aun por el supremo ser. La *moralidad* es, pues, la relación de las acciones con la autonomía de la voluntad, esto es, con la posible legislación universal, por medio de las máximas de la misma. La acción que pueda compadecerse con la autonomía de la voluntad es *permitida;* la que no concuerde con ella es *prohibida.* La voluntad cuyas máximas concuerden necesariamente con las leyes de la autonomía es una voluntad *santa,* absolutamente buena. La dependencia en que una voluntad no absolutamente buena se halla respecto del principio de la autonomía —la constricción moral— es *obligación.* Ésta no puede, por tanto, referirse a un ser santo. La necesidad objetiva de una acción por obligación se llama *deber.*

Por lo que antecede resulta ya fácil explicarse cómo sucede que, aun cuando bajo el concepto de deber pensamos una sumisión a la ley, sin embargo, nos representamos cierta sublimidad y *dignidad* en aquella persona que cumple todos sus deberes. Pues no hay en ella, sin duda, sublimidad alguna en cuanto que está *sometida* a la ley moral; pero si la hay en cuanto que es ella al mismo tiempo *legisladora* y sólo por esto está sometida a la ley. También hemos mostrado más arriba cómo ni el miedo ni la inclinación, sino solamente el respeto a la ley es el resorte que puede dar a la acción un valor moral. Nuestra propia voluntad, en cuanto que obrase sólo bajo la condición de una legislación universal posible por sus máximas, esa voluntad posible para nosotros en la idea, es el objeto propio del respeto, y la dignidad de la humanidad consiste precisamente en esa capacidad de ser legislador universal, aun cuando con la condición de estar al mismo tiempo sometido justamente a esa legislación.

La autonomía de la voluntad como principio supremo de la moralidad

La autonomía de la voluntad es la constitución de la voluntad, por la cual es ella para sí misma una ley —independientemente de cómo estén constituidos los objetos del querer—. El principio de la autonomía es, pues, no elegir de otro modo sino de éste: que las máximas de la elección, en el querer mismo, sean al mismo tiempo incluidas como ley universal. Que esta regla práctica es un imperativo, es decir, que la voluntad de todo ser racional está atada a ella necesariamente como condición, es cosa que por mero análisis de los conceptos presentes en esta afirmación no puede demostrarse, porque es una proposición sintética; habría que salir del conocimiento de los objetos y pasar a una crítica del sujeto, es decir, de la razón pura práctica, pues esa proposición sintética, que manda apodícticamente, debe poderse conocer enteramente *a priori*. Mas este asunto no pertenece al capítulo presente. Pero por medio de un simple análisis de los conceptos de la moralidad, si puede muy bien mostrarse que el citado principio de la autonomía es el único principio de la moral. Pues de esa manera se halla que su principio debe ser un imperativo categórico, el cual, empero, no manda ni más m menos que esa autonomía justamente.

La heteronomía de la voluntad como origen de todos los principios ilegítimos de la moralidad

Cuando la voluntad busca la ley, que debe determinarla, en *algún otro punto* que no en la aptitud de sus máximas para su propia legislación universal y, por tanto, cuando sale de sí misma a buscar esa ley en la constitución de alguno de sus objetos, entonces se produce siempre *heteronomía*. No es entonces la voluntad la que se da a sí misma la ley, sino el objeto, por su relación con la voluntad, es el que da a ésta la ley. Esta relación, ya descanse en la inclinación, ya en representaciones de la razón, no hace posibles más que imperativos hipotéticos: "debo hacer algo porque *quiero alguna otra cosa*". En cambio, el imperativo moral y, por tanto, categórico, dice: "debo obrar de este o del otro modo, aun cuando no quisiera otra cosa". Por ejemplo, aquél dice: "no debo mentir, si quiero conservar la honra". Éste, empero, dice: "no debo mentir, aunque el mentir no me acarree la menor vergüenza". Éste último, pues, debe hacer abstracción de todo objeto, hasta el punto de que este objeto, no tenga sobre la voluntad el menor *influjo,* para que la razón práctica (voluntad) no sea una mera administradora de ajeno interés, sino que demuestre su propia autoridad imperativa como legislación suprema. Deberé, pues, por ejemplo, intentar fomentar la felicidad ajena, no porque me importe algo su existencia —ya sea por inmediata inclinación o por alguna satisfacción obtenida indirectamente por la razón—, sino solamente porque la máxima que la excluyese no podría comprenderse en uno y el mismo querer como ley universal.

División de todos los principios posibles de la moralidad, según el supuesto concepto fundamental de la heteronomía

La razón humana, en éste como en todos sus usos puros, cuando le falta la crítica, ha intentado primero todos los posibles caminos ilícitos, antes de conseguir encontrar el único verdadero.

Todos los principios que pueden adoptarse desde este punto de vista son, o *empíricos, o racionales.* Los *primeros,* derivados del principio de la *felicidad,* se asientan en el sentimiento físico o en el sentimiento moral; los *segundos,* derivados del principio de la *perfección,* se asientan, o en el concepto racional de la misma, como efecto posible, o en el concepto de una perfección independiente —la voluntad de Dios— como causa determinante de nuestra voluntad.

Los *principios* empíricos no sirven nunca para fundamento de leyes morales. Pues la universalidad con que deben valer para todos los seres racionales sin distinción, la necesidad práctica incondicionada que por ello les es atribuida desaparece cuando el fundamento de ella se deriva de la *peculiar constitución de la naturaleza humana o* de las circunstancias contingentes en que se coloca. Sin embargo, el principio de la *propia felicidad* es el más rechazable, no sólo porque es falso y porque la experiencia contradice el supuesto de que el bienestar se rige siempre por el bien obrar; no sólo tampoco porque en nada contribuye a fundamentar la moralidad, ya que es muy distinto hacer un hombre feliz que un hombre bueno, y uno entregado prudentemente a la busca de su provecho que uno dedicado a la práctica de la virtud, sino porque reduce la moralidad a resortes que más bien la derriban y aniquilan su elevación, juntando en una misma clase los motores que impulsan a la virtud con los que impulsan al vicio, enseñando solamente a hacer bien los cálculos, borrando, en suma, por completo la diferencia específica entre virtud y vicio. En cambio, el sentimiento moral, ese supuesto sentido especial —aunque es harto superficial la apelación a este sentido, con la creencia de que quienes no puedan *pensar* habrán de dirigirse bien por medio del *sentir,* en aquello que se refiere a meras leyes universales, y aunque los sentimientos, que por naturaleza son infinitamente distintos unos de otros en el grado, no dan una pauta igual del bien y del mal, y no puede uno por su propio sentimiento juzgar válidamente a los demás—, sin embargo, está más cerca de la moralidad y su dignidad, porque tributa a la virtud el honor de atribuirle *inmediatamente* la satisfacción y el aprecio, y no le dice en la cara que no es su belleza, sino el provecho, el que nos ata a ella.

Entre los principios *racionales* de la moralidad hay que preferir el concepto ontológico de la *perfección*. Por vacuo, indeterminado y, en consecuencia, inutilizable que sea para encontrar, en el inmensurable campo de la realidad posible, la mayor suma útil para nosotros, y aunque al distinguir específicamente de cualquier otra la realidad de que se trata aquí, tenga una inclinación inevitable a dar vueltas en círculo y no pueda por menos de suponer tácitamente la moralidad que debe explicar; sin embargo, el concepto ontológico de la *perfección* es mejor que el concepto teológico, que deriva la moralidad de una voluntad divina perfectísima, no sólo porque no podemos intuir la perfección divina, y sólo podemos deducirla de nuestros conceptos, entre los cuales el principal es el de la moralidad, sino porque si no hacemos esto —y hacerlo sería cometer un círculo grosero en la explicación— no nos queda más concepto de la voluntad divina que el que se deriva de las propiedades de la ambición y el afán de dominio, unidas a las terribles representaciones de la fuerza y la venganza, las cuales habrían de formar el fundamento de un sistema de las costumbres, directamente opuesto a la moralidad.

Pero si yo tuviera que elegir entre el concepto de sentido moral y el de la perfección en general —ninguno de los dos lesiona, al menos, la moralidad, aun cuando no son aptos tampoco para servirle de fundamento—, me decidiría en favor del último, porque éste, al menos, alejando de la sensibilidad y trasladando al tribunal de la razón pura la decisión de la cuestión, aun cuando nada decide éste tampoco, conserva, sin embargo, sin falsearla, la idea indeterminada —de una voluntad buena en sí— para más exacta y precisa determinación.

Creo, además, que puedo dispensarme de una minuciosa refutación de todos estos conceptos. Es tan fácil; la ven, probablemente, tan bien los mismos que, por su oficio, están obligados a pronunciarse en favor de alguna de esas teorías —pues los oyentes no toleran con facilidad la suspensión del juicio—, que sería trabajo superfluo el hacer tal refutación. Pero lo que más nos interesa aquí es saber que estos principios no establecen más que heteronomía de la voluntad como fundamento primero de la moralidad, y precisamente por eso han de fallar necesariamente su fin.

Dondequiera que un objeto de la voluntad se pone por fundamento para prescribir a la voluntad la regla que la determina, es esta regla heteronomía; el imperativo está condicionado, a saber: si, o *porque* se quiere este objeto, hay que obrar de tal o cual modo; por tanto, no puede nunca mandar moralmente, es decir, categóricamente. Ya sea que el objeto determine la voluntad por medio de la inclinación, como sucede en el principio de la propia felicidad, ya sea que la determine por la razón dirigida a los objetos de nuestra voluntad posible en general, en el principio de la perfección, resulta que la voluntad no se determina nunca a sí misma *inmediatamente* por la representación de la acción, sino sólo por los motores que actúan sobre la voluntad en vista del efecto previsto de la acción: *debo hacer algo, porque quiero alguna otra cosa,* y aquí hay que poner de fundamento en mi sujeto otra ley, según la cual necesariamente quiero esa otra cosa, y esa ley, a su vez, necesita un imperativo que limite esa máxima. Pues como el impulso que ha de ejercer sobre la voluntad del sujeto la representación de un objeto, posible por nuestras fuerzas, según la constitución natural del sujeto, pertenece a la naturaleza de éste, ya sea de la sensibilidad —inclinación o gusto—, o del entendimiento y la razón, las cuales se ejercitan con satisfacción en un objeto, según la peculiar disposición de su naturaleza, resulta que quien propiamente daría la ley sería la Naturaleza, y esa ley, como tal, no solamente tiene que ser conocida y demostrada por la experiencia y, por tanto, en sí misma contingente e impropia por ello para regla práctica apodíctica, como debe serlo la ley moral, sino que es siempre *mera heteronomía* de la voluntad; la voluntad no se da a sí misma la ley, sino que es un impulso extraño el que le da la ley por medio de una naturaleza del sujeto, acorde con la receptividad del mismo.

La voluntad absolutamente buena, cuyo principio tiene que ser un imperativo categórico, quedará pues, indeterminada respecto de todos los objetos y contendrá *sólo la forma del querer* en general, como autonomía; esto es, la aptitud de la máxima de toda buena voluntad para hacerse a sí misma ley universal es la única ley que se impone a sí misma la voluntad de todo ser racional, sin que intervenga como fundamento ningún impulso e interés.

¿Cómo es posible y por qué es necesaria *semejante proposición práctica sintética "a priori"*? Es éste un problema cuya solución no cabe en los límites de la metafísica de las costumbres. Tampoco hemos afirmado aquí su verdad, y mucho menos presumido de tener en nuestro poder una demostración. Nos hemos limitado a exponer, por el desarrollo del concepto de moralidad, una vez puesto en marcha, en general, que una autonomía de la voluntad inevitablemente va inclusa en él, o más bien, le sirve de base. Así, pues, quien tenga a la moralidad por algo y no por una idea quimérica desprovista de verdad, habrá de admitir también el citado principio de la misma. Este capítulo ha sido, pues, como el primero, netamente analítico. Mas para que la moralidad no sea un fantasma vano —cosa que se deducirá de suyo si el imperativo categórico y con él la autonomía de la voluntad son verdaderos y absolutamente necesarios como principio *a priori*—, hace falta un uso sintético posible de la razón pura práctica, cosa que no podemos arriesgar sin que le preceda una crítica de esa facultad. En el último capítulo expondremos los rasgos principales de ella, que son suficientes para nuestro propósito.

III

Último paso de la metafísica de las costumbres a la crítica de la razón pura práctica

El concepto de la libertad es la clave para explicar la autonomía de la voluntad

Voluntad es una especie de causalidad de los seres vivos, en cuanto que son racionales, y libertad sería la propiedad de esta causalidad, por la cual puede ser eficiente, independientemente de extrañas causas que la *determinen,* así como *necesidad natural* es la propiedad de la causalidad de todos los seres irracionales de ser determinados a la actividad por el influjo de causas extrañas.

La citada definición de la libertad es *negativa* y, por tanto, infructuosa para conocer su esencia. Pero de ella se deriva un concepto positivo de la misma que es tanto más rico y fructífero. El concepto de una causalidad lleva consigo el concepto de *leyes* según las cuales, por medio de algo que llamamos causa, ha de ser puesto algo, a saber: la consecuencia. De donde resulta que la libertad, aunque no es una propiedad de la voluntad, según leyes naturales, no por eso carece de ley, sino que ha de ser más bien una causalidad, según leyes inmutables, si bien de particular especie; de otro modo una voluntad libre sería un absurdo. La necesidad natural era una heteronomía de las causas eficientes; pues todo efecto no era posible sino según la ley de que alguna otra cosa determine a la causalidad la causa eficiente. ¿Qué puede ser, pues, la libertad de la voluntad sino autonomía, esto es, propiedad de la voluntad de ser una ley para sí misma? Pero la proposición: "la voluntad es, en todas las acciones, una ley de sí misma", caracteriza tan sólo el principio de no obrar según ninguna otra máxima que la que pueda ser objeto de sí misma, como ley universal. Ésta es justamente la fórmula del imperativo categórico y el principio de la moralidad; así, pues, voluntad libre y voluntad sometida a leyes morales son una y la misma cosa.

Si, pues, se supone libertad de la voluntad, se sigue la moralidad, con su principio, por mero análisis de su concepto. Sin embargo, sigue siendo este principio una proposición sintética: una voluntad absolutamente buena es aquella cuya máxima puede contenerse en sí misma a sí misma siempre, considerada como ley universal; pues por medio de un análisis del concepto de una voluntad absolutamente buena no puede ser hallada esa propiedad de la máxima. Mas semejantes proposiciones sintéticas sólo son posibles porque los dos conocimientos estén enlazados uno con otro por su enlace con un tercero, en el cual por ambas partes se encuentren. El concepto *positivo* de la libertad crea ese tercero, que no puede ser, como en las causas físicas, la naturaleza del mundo sensible (en cuyo concepto vienen a juntarse los conceptos de algo, como causa, en relación con *otra cosa,* como efecto). Pero aquí no puede manifestarse en seguida qué sea ese tercero, al que la libertad señala y del que tenemos *a priori* una idea, y tampoco puede aún hacerse comprensible la deducción del concepto de libertad sacándolo de la razón pura práctica, y con ella la posibilidad también de un imperativo categórico; para ello hace falta todavía alguna preparación.

La libertad como propiedad de la voluntad debe presuponerse en todos los seres racionales

No basta que atribuyamos libertad a nuestra voluntad, sea por el fundamento que fuere, si no tenemos razón suficiente para atribuirla asimismo a todos los seres racionales. Pues como la moralidad nos sirve de ley, en cuanto que somos *seres racionales,* tiene que valer también para todos los seres racionales, y como no puede derivarse sino de la propiedad de la libertad, tiene que ser demostrada la libertad como propiedad de la voluntad de todos los seres racionales; no basta, pues, exponerla en la naturaleza humana por ciertas supuestas experiencias (aun cuando esto es en absoluto imposible y sólo puede ser expuesta *a priori),* sino que hay que demostrarla como perteneciente a la actividad de seres racionales en general y dotados de libertad. Digo, pues: todo ser que no puede obrar de otra suerte que *bajo la idea de la libertad,* es por eso mismo verdaderamente libre en sentido práctico, es decir, valen para tal ser todas las leyes que están inseparablemente unidas con la libertad, lo mismo que si su voluntad fuese definida como libre en sí misma y por modo válido en la filosofía teórica. Ahora bien, yo sostengo que a todo ser racional que tiene una voluntad debemos atribuirle necesariamente también la idea de la libertad, bajo la cual obra. Pues en tal ser pensamos una razón que es práctica, es decir, que tiene causalidad respecto de sus objetos. Mas es imposible pensar una razón que con su propia conciencia reciba respecto de sus juicios una dirección cuyo impulso proceda de alguna otra parte, pues entonces el sujeto atribuiría, no a su razón, sino a un impulso, la determinación del Juicio. Tiene que considerarse a sí misma como autora de sus principios, independientemente de ajenos influjos; por consiguiente, como razón práctica o como voluntad de un ser racional, debe considerarse a sí misma como libre; esto es, su voluntad no puede ser voluntad propia sino bajo la idea de la libertad y, por tanto, ha de atribuirse, en sentido práctico, a todos los seres racionales.

Del interés que reside en las ideas de la moralidad

Hemos referido el concepto determinado de la moralidad, en último término, a la idea de libertad; ésta, empero, no pudimos demostrarla como algo real ni siquiera en nosotros mismos y en la naturaleza humana; vimos solamente que tenemos que suponerla, si queremos pensar un ser como racional y con conciencia de su causalidad respecto de las acciones, es decir, como dotado de voluntad; y así hallamos que tenemos que atribuir, por el mismo fundamento, a todo ser dotado de razón y voluntad esa propiedad de determinarse a obrar bajo la idea de su libertad.

De la suposición de estas ideas se ha derivado, empero, también la conciencia de una ley para obrar: que los principios subjetivos de las acciones, o sea las máximas, tienen que ser tomadas siempre de modo que valgan también objetivamente, esto es, universalmente, como principios y puedan servir, por tanto, a nuestra propia legislación universal. Pero ¿por qué debo someterme a tal principio, y aun como ser racional en general, y conmigo todos los demás seres dotados de razón? Quiero admitir que ningún interés me *empuja* a ello, pues esto no proporcionaría ningún imperativo categórico; pero, sin embargo, tengo que *tomar* en ello algún interés y comprender cómo ello se verifica, pues tal deber es propiamente un querer que vale bajo la condición para todos los seres racionales, si la razón en él fuera práctica sin obstáculos. Para seres que, como nosotros, son afectados por sensibilidad con motores de otra especie; para seres en que no siempre ocurre lo que la razón por sí sola haría, se llama deber esa necesidad de la acción y se distingue la necesidad subjetiva de la objetiva.

Parece, pues, como si en la idea de la libertad supusiéramos propiamente la ley moral, a saber: el principio mismo de la autonomía de la voluntad, sin poder demostrar por sí misma su realidad y objetiva necesidad, y entonces habríamos, sin duda, ganado algo muy importante, por haber determinado al menos el principio legítimo con más precisión de lo que suele acontecer; pero, en cambio, por lo que toca a su validez y a la necesidad práctica de someterse a él, no habríamos adelantado un paso; pues no podríamos dar respuesta satisfactoria a quien nos preguntase por qué la validez universal de nuestra máxima, considerada como ley, tiene que ser la condición limitativa de nuestras acciones y en qué fundamos el valor que atribuimos a tal modo de obrar, valor que tan alto es, que no puede haber en ninguna parte un interés más alto, y cómo ocurre que el hombre cree sentir así su valor personal, frente al cual el de un estado agradable o desagradable nada significa.

Ciertamente, hallamos que podemos tomar interés en una constitución personal, que no lleva consigo el interés del estado, cuando aquella constitución nos hace capaces de participar en este estado, en el caso de que la razón haya de realizar la distribución del mismo, esto es, que la mera dignidad de ser feliz, aun sin el motivo de participar en esa felicidad, puede por sí sola interesar. Pero este juicio es, en realidad, sólo el efecto de la ya supuesta importancia de las leyes morales (cuando nosotros, por la idea de la libertad, nos separamos de todo interés empírico). Pero de la citada manera no podemos aún comprender cómo nos separamos de ese interés, es decir, nos consideramos libres en el obrar, y, sin embargo, debemos tenernos por sometidos a ciertas leyes, para hallar solamente en nuestra persona un valor que pueda abonar la pérdida de todo aquello que a nuestro estado proporciona valor; no podemos aún comprender cómo esto sea posible, es decir, por qué la ley moral obliga.

Se muestra aquí —hay que confesarlo francamente— una especie de círculo vicioso, del cual, al parecer, no hay manera de salir. Nos consideramos como libres en el orden de las causas eficientes, para pensarnos sometidos a las leyes morales en el orden de los fines, y luego nos pensamos como sometidos a estas leyes porque nos hemos atribuido la libertad de la voluntad. Pues la libertad y la propia legislación de la voluntad son ambas autonomía; por tanto, conceptos transmutables, y uno de ellos no puede, por lo mismo, usarse para explicar el otro y establecer su fundamento, sino a lo sumo para reducir a un concepto único, en sentido lógico, representaciones al parecer diferentes del mismo objeto (como se reducen diferentes quebrados de igual contenido a su expresión mínima).

Mas una salida nos queda aún, que es investigar si cuando nos pensamos, por la libertad, como causas eficientes *a priori*, adoptamos o no otro punto de vista que cuando nos representamos a nosotros mismos, según nuestras acciones, como efectos que vemos ante nuestros ojos.

Hay una observación que no necesita, para ser hecha, ninguna reflexión sutil y puede admitirse que el entendimiento más ordinario puede hacerla, si bien a su manera, por medio de una oscura distinción del Juicio, al que llama sentimiento. Es ésta: que todas las representaciones que nos vienen sin nuestro albedrío (como las de los sentidos) nos dan a conocer los objetos no de otro modo que como nos afectan, permaneciendo para nosotros desconocido lo que ellos sean en sí mismos, y que, por tanto, en lo que a tal especie de representaciones se refiere, aun con la más esforzada atención y claridad que pueda añadir el entendimiento, sólo podemos llegar a conocer los *fenómenos*, pero nunca las *cosas en sí mismas.* Tan pronto ha sido hecha esta distinción (en todo caso por medio de la observada diferencia entre las representaciones que nos son dadas de otra parte, y en las cuales somos pasivos, y aquellas otras que se producen exclusivamente de nosotros mismos, y en las cuales demostramos nuestra actividad), derívase de suyo que tras los fenómenos hay que admitir otra cosa que no es fenómeno, a saber: las cosas en sí, aun cuando, puesto que nunca pueden sernos conocidas en sí, sino siempre sólo como nos afectan, nos conformamos con no poder acercarnos nunca a ellas y no saber nunca lo que son en sí. Esto tiene que proporcionar una, aunque grosera, distinción entre el *mundo sensible* y el *mundo inteligible,* pudiendo ser el primero muy distinto, según la diferencia de la sensibilidad de los varios espectadores, mientras que el segundo, que le sirve de fundamento, permanece siempre idéntico. E incluso no le es lícito al hombre pretender conocerse a sí mismo, tal como es en sí, por el conocimiento que de sí tiene mediante la sensación interna. Pues como por decirlo así, él no se crea a sí mismo y no tiene un concepto *a priori* de sí mismo, sino que lo recibe empíricamente, es natural que no pueda tomar conocimiento de sí, a no ser por el sentido interior y, consiguientemente, por el fenómeno de su naturaleza y la manera como su conciencia es afectada, aunque necesariamente tiene que admitir sobre esa constitución de su propio sujeto, compuesta de meros fenómenos, alguna otra cosa que esté a su base, esto es, suyo tal como sea en sí, y contarse entre el *mundo sensible,* con respecto a la mera percepción y receptividad de las sensaciones, y en el *mundo intelectual,* que, sin embargo, no conoce, con respecto a lo que en él sea pura actividad (lo que no llega a la conciencia por afección de los sentidos, sino inmediatamente).

Esta conclusión tiene que hacerla el hombre reflexivo acerca de todas las cosas que puedan presentársele, y sin duda se encuentra también en el entendimiento común, el cual, como es sabido, se inclina mucho a creer que detrás de los objetos de los sentidos hay algo invisible y por sí mismo activo; pero pronto estropea tal pensamiento porque se apresura a sensibilizar ese algo invisible, esto es, quiere hacer de ello un objeto de la intuición, con lo cual no se torna ni un punto más sensato.

Ahora bien, el hombre encuentra realmente en sí mismo una facultad por la cual se distingue de todas las demás cosas y aun de sí mismo, en cuanto que es afectado por objetos: esa facultad es la *razón*. Ésta, como pura actividad propia, es incluso más alta que el *entendimiento;* porque aunque éste es también actividad propia y no contiene, como el sentido, meras representaciones, que sólo se producen cuando somos afectados por cosas (por tanto, pasivos), sin embargo, de su actividad no puede sacar otros conceptos que aquellos que sólo sirven para *reducir a reglas las representaciones sensibles* y reunirlas así en una conciencia, y no puede pensar en absoluto sin ese uso de la sensibilidad. En cambio, la razón muestra, bajo el nombre de las ideas, una espontaneidad tan pura que por ella excede la razón con mucho, todo lo que la sensibilidad pueda darle, y muestra su más principal asunto en la tarea de distinguir el mundo sensible y el mundo inteligible, señalando así sus límites al entendimiento mismo.

Por todo lo cual, un ser racional debe considerarse a sí mismo como *inteligencia* (esto es, no por la parte de sus potencias inferiores) y como perteneciente, no al mundo sensible, sino al inteligible; por tanto, tiene dos puntos de vista desde los cuales puede considerarse a sí mismo y conocer leyes del uso de sus fuerzas y, por consiguiente, de todas sus acciones: el *primero,* en cuanto que pertenece al mundo sensible, bajo leyes naturales (heteronomía), y el *segundo,* como perteneciente al mundo inteligible, bajo leyes que, independientes de la Naturaleza, no son empíricas, sino que se fundan solamente en la razón.

Como ser racional y, por tanto, perteneciente al mundo inteligible, no puede el hombre pensar nunca la causalidad de su propia voluntad sino bajo la idea de la libertad, pues la independencia de las causas determinantes del mundo sensible (independencia que la razón tiene siempre que atribuirse) es libertad. Con la idea de la libertad se halla, empero, inseparablemente unido el concepto de *autonomía*, y con éste el principio universal de la moralidad, que sirve de fundamento a la idea de todas las acciones de seres *racionales*, del mismo modo que la ley natural sirve de fundamento a todos los fenómenos.

Ahora queda desechado el temor que más arriba hemos manifestado de que hubiese un círculo vicioso escondido en nuestra conclusión de la libertad a la autonomía y de ésta a la ley moral, esto es, de que acaso hubiéramos establecido la idea de la libertad sólo por la ley moral, para luego concluir ésta a su vez de la libertad, no pudiendo, pues, dar ningún fundamento de aquélla, sino admitiéndola sólo como una concesión de un principio, que con gusto admitimos nosotros, almas bien dispuestas moralmente, pero que no podemos nunca establecer como proposición demostrable. Pues ahora ya vemos que, cuando nos pensamos como libres, nos incluimos en el mundo inteligible, como miembros de él, y conocemos la autonomía de la voluntad con su consecuencia, que es la moralidad; pero si nos pensamos como obligados, nos consideramos como pertenecientes al mundo sensible y, sin embargo, al mismo tiempo al mundo inteligible también.

¿Cómo es posible un *imperativo categórico*?

El ser racional se considera, como inteligencia, perteneciente al mundo inteligible, y si llama *voluntad* a su causalidad es porque la considera sólo como una causa eficiente que pertenece a ese mundo inteligible. Pero, por otro lado, tiene conciencia de sí, como parte también del mundo sensible, en que sus acciones se encuentran como meros fenómenos de aquella causalidad; pero la posibilidad de tales acciones no puede ser comprendida por esa causalidad, que no conocemos, sino que en su lugar tienen aquellas acciones que ser conocidas como pertenecientes al mundo sensible, como determinadas por otros fenómenos, a saber: apetitos e inclinaciones. Como mero miembro del mundo inteligible, serían todas mis acciones perfectamente conformes al principio de la autonomía de la voluntad pura; como simple parte del mundo sensible, tendrían que ser tomadas enteramente de acuerdo con la ley natural de los apetitos e inclinaciones y, por tanto, de la heteronomía de la Naturaleza. (Las primeras se asentarían en el principio supremo de la moralidad; las segundas, en el de la felicidad.) *Pero como el mundo inteligible contiene el fundamento del mundo sensible, y por ende también de las leyes del mismo* —y así el mundo inteligible es, con respecto a mi voluntad (que pertenece toda ella a él), inmediatamente legislador y debe, pues, ser pensado como tal—, resulta de aquí que, aunque, por otra parte, me conozca también como ser perteneciente al mundo sensible, habré de conocerme, como inteligencia, sometido a la ley del mundo inteligible, esto es, de la razón, que en la idea de la libertad encierra la ley del mismo y, por tanto, de la autonomía de la voluntad; por consiguiente, las leyes del mundo inteligible habré de considerarlas para mí como imperativos, y las acciones conformes a este principio, como deberes.

Y así son posibles los imperativos categóricos, porque la idea de la libertad hace de mí un miembro de un mundo inteligible; si yo no fuera parte más que de este mundo inteligible, todas mis acciones *serían* siempre conformes a la autonomía de la voluntad; pero como al mismo tiempo me intuyo como miembro del mundo sensible, esas mis acciones *deben* ser conformes a la dicha autonomía. Este deber *categórico* representa una proposición sintética *a priori,* porque sobre mi voluntad afectada por apetitos sensibles sobreviene además la idea de esa misma voluntad, pero perteneciente al mundo inteligible, pura, por sí misma práctica, que contiene la condición suprema de la primera, según la razón; poco más o menos como a las intuiciones del mundo sensible se añaden conceptos del entendimiento, los cuales por sí mismos no significan más que la forma de ley en general, y así hacen posibles proposiciones sintéticas *a priori,* sobre las cuales descansa todo conocimiento de una naturaleza.

El uso práctico de la razón común humana confirma la exactitud de esta deducción. No hay nadie, ni aun el peor bribón, que, si está habituado a usar de su razón, no sienta, al oír referencia de ejemplos notables de rectitud en los fines, de firmeza en seguir buenas máximas, de compasión y universal benevolencia (unidas estas virtudes a grandes sacrificios de provecho y bienestar), no sienta, digo, el deseo de tener también él esos buenos sentimientos. Pero no puede conseguirlo, a causa de sus inclinaciones y apetitos, y, sin embargo, desea verse libre de las tales inclinaciones, que a él mismo le pesan. Demuestra, pues, con esto que por el pensamiento se incluye con una voluntad libre de los acosos de la sensibilidad, en un orden de cosas muy diferente del de sus apetitos en el campo de la sensibilidad, pues de aquel deseo no puede esperar ningún placer de los apetitos y, por tanto, ningún estado que satisfaga alguna de sus inclinaciones, ya reales, ya imaginables (pues ello menoscabaría la excelencia de la idea misma, que arrebata tras ella su deseo), sino sólo un mayor valor íntimo de su persona. Esta mejor persona, cree él serlo cuando se sitúa en el punto de vista de un miembro del mundo inteligible, a que involuntariamente le empuja la idea de la libertad, esto es, de la independencia de las causas *determinantes* en el mundo sensible. En ese mundo inteligible tiene conciencia de poseer una buena voluntad, la cual constituye, según su propia confesión, la ley para su mala voluntad, como miembro del mundo sensible, y reconoce su autoridad al transgredirla. El deber moral es, pues, propio querer necesario, al ser miembro de un mundo inteligible, y si es pensado por él como un deber, es porque se considera al mismo tiempo como miembro del mundo sensible.

De los extremos límites de toda filosofía práctica

Todos los hombres se piensan libres en cuanto a la voluntad. Por eso los juicios todos recaen sobre las acciones consideradas como *hubieran debido ocurrir,* aun cuando no *hayan ocurrido.* Sin embargo, esta libertad no es un concepto de experiencia, y no puede serlo, porque permanece siempre, aun cuando la experiencia muestre lo contrario de aquellas exigencias que, bajo la suposición de la libertad, son representadas como necesarias. Por otra parte, es igualmente necesario que todo cuanto ocurre esté determinado indefectiblemente por leyes naturales, y esta necesidad natural no es tampoco un concepto de experiencia, justamente porque en ella reside el concepto de necesidad y, por tanto, de un conocimiento a *priori.* Pero este concepto de naturaleza es confirmado por la experiencia y debe ser inevitablemente supuesto, si ha de ser posible la experiencia, esto es, el conocimiento de los objetos de los sentidos, compuesto según leyes universales. Por eso la libertad es sólo una *idea* de la razón, cuya realidad objetiva es en sí misma dudosa; la Naturaleza, empero, es un *concepto del entendimiento* que demuestra, y necesariamente debe demostrar, su realidad en ejemplos de la experiencia.

De aquí nace, pues, una dialéctica de la razón, porque, con respecto de la voluntad, la libertad que se le atribuye parece estar en contradicción con la necesidad natural; y en tal encrucijada, la razón, *desde el punto de vista especulativo,* halla el de la necesidad natural mucho más llano y practicable que el de la libertad; pero *desde el punto de vista práctico* es el sendero de la libertad el único por el cual es posible hacer uso de la razón en nuestras acciones y omisiones; por lo cual ni la filosofía más sutil ni la razón común del hombre pueden nunca excluir la libertad. Hay, pues, que suponer que entre la libertad y necesidad natural de unas y las mismas acciones humanas no existe verdadera contradicción; porque no cabe suprimir ni el concepto de naturaleza ni el concepto de libertad.

Sin embargo, esta aparente contradicción debe al menos ser deshecha por modo convincente, aun cuando no pudiera nunca concebirse cómo sea posible la libertad. Pues si incluso el pensamiento de la libertad se contradice a sí mismo o a la naturaleza, que es igualmente necesaria, tendría que ser abandonada por completo frente a la necesidad natural.

Pero es imposible evitar esa contradicción si el sujeto que se figura libre se piensa en el mismo sentido o en la misma relación cuando se llama libre que cuando se sabe sometido a la ley natural, con respecto a una y la misma acción. Por eso es un problema imprescindible de la filosofía especulativa el mostrar, al menos, que su engaño respecto de la contradicción reposa en que pensamos al hombre en muy diferente sentido y relación cuando le llamamos libre que cuando le consideramos como pedazo de la Naturaleza, sometido a las leyes de ésta, y que ambos, no sólo *pueden* muy bien compadecerse, sino que deben pensarse también como *necesariamente unidos* en el mismo sujeto; porque, si no, no podría indicarse fundamento alguno de por qué íbamos a cargar la razón con una idea que, si bien se une *sin contradicción* a otra suficientemente establecida, sin embargo, nos enreda en un asunto por el cual la razón se ve reducida a grande estrechez en su uso teórico. Pero es ello un deber que se impone a la filosofía especulativa, para dejar campo libre a la práctica. Así, pues, no es potestativo para el filósofo levantar la aparente contradicción o dejarla intacta; pues en este último caso queda la teoría sobre este punto como un *bonum vacans,* en cuya posesión podría con razón instalarse el fatalista y expulsar toda moral de esa propiedad poseída sin título alguno.

Sin embargo, no puede aún decirse que comience aquí el límite de la filosofía práctica. Pues esa supresión de la contradicción no le compete a la filosofía práctica, sino que ésta exige de la razón especulativa que ponga término al desconcierto en que se enreda ella misma en cuestiones teóricas, para que así la razón práctica goce de paz y de seguridad frente a ataques exteriores que pudieran disputarle el campo en que ella quiere edificar.

Pero la misma pretensión de derecho que tiene la razón común humana a la libertad de la voluntad se funda en la conciencia y en la admitida suposición de ser independiente la razón de causas que la determinen sólo subjetivamente, las cuales todas constituyen lo que pertenece solamente a la sensación y, por tanto, se agrupan bajo la denominación de sensibilidad. El hombre que de esta suerte se considera como inteligencia se sitúa así en muy otro orden de cosas y en una relación con fundamentos determinantes de muy otra especie, cuando se piensa como inteligencia, dotado de una voluntad y, por consiguiente, de causalidad, que cuando se percibe como un fenómeno en el mundo sensible (cosa que realmente es) y somete su causalidad a determinación externa según leyes naturales. Pero pronto se convence de que ambas cosas pueden ser a la vez, y aun deben serlo. Pues no hay la menor contradicción en que una *cosa en el fenómeno* (perteneciente al mundo sensible) esté sometida a ciertas leyes, y que esa misma cosa, como *cosa o ser en sí mismo,* sea independiente de las tales leyes. Mas si él mismo debe representarse y pensarse de esa doble manera, ello obedece, en lo que a lo primero se refiere, a la conciencia que tiene de sí mismo como objeto afectado por sentidos, y en lo que a lo segundo toca, a la conciencia que tiene de sí mismo como inteligencia, esto es, como independiente de las impresiones sensibles en el uso de la razón (es decir, como perteneciente al mundo inteligible).

De aquí viene que el hombre tenga la pretensión de poseer una voluntad que nada admite de lo que pertenezca a sus apetitos e inclinaciones y, en cambio, piense como posibles, y aun como necesarias, por medio de esa voluntad, acciones tales que sólo pueden suceder despreciando todos los apetitos y excitaciones sensibles. La causalidad de estas acciones reside en él como inteligencia, y en las leyes de los efectos y acciones según principios de un mundo inteligible, del cual nada más sabe sino que en ese mundo da leyes la razón y sólo la razón pura, independiente de la sensibilidad. Igualmente, como en ese mundo es él, como mera inteligencia, el propio yo (mientras que como hombre no es más que el fenómeno de sí mismo), se refieren esas leyes a él inmediata y categóricamente, de suerte que las excitaciones de sus apetitos e impulsos (y, por tanto, la naturaleza entera del mundo sensible) no pueden menoscabar las leyes de su querer como inteligencia, hasta el punto de que él no responde de esos apetitos e impulsos y no los atribuye a su propio yo, esto es, a su voluntad, aunque sí es responsable de la complacencia que pueda manifestarles si les concede influjo sobre sus máximas, con perjuicio de las leyes racionales de la voluntad.

La razón práctica no traspasa sus límites por *pensarse* en un mundo inteligible; los traspasa cuando quiere *intuirse, sentirse* en ese mundo. Lo primero es solamente un pensamiento negativo con respecto al mundo sensible, el cual no da ninguna ley a la razón en determinación de la voluntad; sólo en un punto es positivo, esto es, en que esa libertad, como determinación negativa, va unida al mismo tiempo con una (positiva) facultad y aun con una causalidad de la razón, que llamamos voluntad y que es la facultad de obrar de tal suerte que el principio de las acciones sea conforme a la esencial propiedad de una causa racional, esto es, a la condición de la validez universal de la máxima, como una ley. Pero si además fuera en busca de un *objeto de la voluntad,* esto es, de una causa motora tomada del mundo inteligible, entonces traspasaría sus límites y pretendería conocer algo de que nada sabe. El concepto de un mundo inteligible es, pues, sólo un *punto de vista* que la razón se ve obligada a tomar fuera de los fenómenos, para *pensarse a sí misma como práctica;* ese punto de vista no sería posible si los influjos de la sensibilidad fueran determinantes para el hombre; pero es necesario, si no ha de quitársele al hombre la conciencia de su yo como inteligencia y, por tanto, como causa racional y activa por razón, esto es, libremente eficiente. Este pensamiento produce, sin duda, la idea de otro orden y legislación que el del mecanismo natural referido al mundo sensible, y hace necesario el concepto de un mundo inteligible (esto es, el conjunto de los seres racionales como cosas en sí mismas); pero sin la menor pretensión de pensarlo más que según su condición *formal,* esto es, según la universalidad de la máxima de la voluntad, como ley y, por tanto, según la autonomía de la voluntad, que es la única que puede compadecerse con la libertad de la voluntad; en cambio, todas las leyes que se determinan sobre un objeto dan por resultado heteronomía, la cual no puede encontrarse más que en leyes naturales y se refiere sólo al mundo sensible.

Pero si la razón emprendiera la tarea de *explicar cómo* pueda la razón pura ser práctica, lo cual sería lo mismo que explicar cómo la *libertad sea posible,* entonces si que la razón traspasaría todos sus límites.

Pues no podemos explicar nada sino reduciéndolo a leyes, cuyo objeto pueda darse en alguna experiencia posible. Mas la libertad es una mera idea, cuya realidad objetiva no puede exponerse de ninguna manera por leyes naturales y, por tanto, en ninguna experiencia posible; por consiguiente, puesto que no puede darse de ella nunca un ejemplo, por ninguna analogía, no cabe concebirla ni aun sólo conocerla. Vale sólo como necesaria suposición de la razón en un ser que crea tener conciencia de una voluntad, esto es, de una facultad diferente de la mera facultad de desear (la facultad de determinarse a obrar como inteligencia, según leyes de la razón, pues, independientemente de los instintos naturales). Mas dondequiera que cesa la determinación por leyes naturales, allí también cesa toda *explicación y sólo* resta la *defensa,* esto es, rechazar los argumentos de quienes, pretendiendo haber intuido la esencia de las cosas, declaran sin ambages que la libertad es imposible. Sólo cabe mostrarles que la contradicción que suponen haber descubierto aquí no consiste más sino en que ellos, para dar validez a la ley natural con respecto a las acciones humanas, tuvieron que considerar el hombre, necesariamente, como fenómeno, y ahora, cuando se exige de ellos que lo piensen como inteligencia, también como cosa en sí, siguen, sin embargo, considerándolo como fenómeno, en cuya consideración resulta, sin duda, contradictorio separar su causalidad (esto es, la de su voluntad) de todas las leyes naturales del mundo sensible, en uno y el mismo sujeto; pero esa contradicción desaparece si reflexionan y, como es justo, quieren confesar que tras los fenómenos tienen que estar las cosas en sí mismas (aunque ocultas), a cuyas leyes no podemos pedirles que sean idénticas a las leyes a que sus fenómenos están sometidos.

La imposibilidad subjetiva de *explicar* la libertad de la voluntad es idéntica a la imposibilidad de encontrar y hacer concebible un *interés* que el hombre pudiera tomar en las leyes morales, y, sin embargo, toma realmente un interés en ellas, cuyo fundamento en nosotros llamamos sentimiento moral, el cual ha sido por algunos presentado falsamente como el criterio de nuestro juicio moral, debiendo considerársele más bien como el efecto *subjetivo* que ejerce la ley sobre la voluntad, cuyos fundamentos objetivos sólo la razón proporciona.

Para querer aquello sobre lo cual la razón prescribe el deber al ser racional afectado por los sentidos, hace falta, sin duda, una facultad de la razón que *inspire* un sentimiento de placer o de satisfacción al cumplimiento del deber, y, por consiguiente, hace falta una causalidad de la razón que determine la sensibilidad conformemente a sus principios. Pero es imposible por completo conocer, esto es, hacer concebible *a priori,* cómo un mero pensamiento, que no contiene en sí nada sensible, produzca una sensación de placer o de dolor; pues es ésa una especie particular de causalidad, de la cual, como de toda causalidad, nada podemos determinar *a priori,* sino que sobre ello tenemos que interrogar a la experiencia. Mas como ésta no nos presenta nunca una relación de causa a efecto que no sea entre dos objetos de la experiencia, y aquí la razón pura, por medio de meras ideas (que no pueden dar objeto alguno para la experiencia), debe ser la causa de un efecto, que reside, sin duda, en la experiencia, resulta completamente imposible para nosotros, hombres, la experiencia de cómo y por qué nos interesa *la universalidad de la máxima como ley* y, por tanto, la moralidad. Pero una cosa es cierta, a saber: que no *porque nos interese* tiene validez para nosotros (pues esto fuera heteronomía y haría depender la razón pura de la sensibilidad, a saber: de un sentimiento que estuviese a su base, por lo cual nunca podría ser moralmente legisladora), sino que interesa porque vale para nosotros, como hombres, puesto que ha nacido de nuestra voluntad, como inteligencia, y, por tanto, de nuestro propio yo; *pero lo que pertenece* al *mero fenómeno queda necesariamente subordinado por la razón a la constitución de la cosa en sí misma.*

Así, pues, la pregunta de cómo un imperativo categórico sea posible puede, sin duda, ser contestada en el sentido de que puede indicarse la única suposición bajo la cual es él posible, a saber: la idea de la libertad, y asimismo en el sentido de que puede conocerse la necesidad de esta suposición, todo lo cual es suficiente para el uso *práctico* de la razón, es decir, para convencer de la *validez de tal imperativo* y, por ende, también de la ley moral; pero cómo sea posible esa suposición misma, es cosa que ninguna razón humana puede nunca conocer. Pero si suponemos la libertad de la voluntad de una inteligencia, es consecuencia necesaria la autonomía de la misma como condición formal bajo la cual tan sólo puede ser determinada. Suponer esa libertad de la voluntad, no sólo es muy *posible,* como demuestra la filosofía especulativa (sin caer en contradicción con el principio de la necesidad natural en el enlace de los fenómenos del mundo sensible), sino que también, para un ser racional que tiene conciencia de su causalidad por razón y, por ende, de una voluntad (que se distingue de los apetitos), es *necesario,* sin más condición, establecerla prácticamente, esto es, en la idea, como condición de todas sus acciones voluntarias. Pero la razón humana es totalmente impotente para explicar cómo ella, sin otros resortes, vengan de donde vinieren, pueda ser por sí misma práctica, esto es, cómo *el mero principio de la universal validez de todas sus máximas como leyes*(que sería desde luego la forma de una razón pura práctica), sin materia alguna (objeto) de la voluntad, a la cual pudiera de antemano tomarse algún interés, pueda dar por sí mismo un resorte y producir un interés que se llamaría moral o, dicho de otro modo: *cómo la razón pura pueda ser práctica*. Todo esfuerzo y trabajo que se emplee en buscar explicación de esto será perdido.

Es lo mismo que si yo quisiera descubrir cómo sea posible la libertad misma, como causalidad de una voluntad. Pues en este punto abandono el fundamento filosófico de explicación y no tengo otro alguno. Sin duda, podría dar vueltas fantásticas por el mundo inteligible que aún me resta, por el mundo de las inteligencias; pues aunque tengo una *idea* de él, que tiene un buen fundamento, no tengo, empero, el más mínimo *conocimiento* de él ni puedo llegar nunca a tenerlo, por más que a ello se esfuerce mi facultad natural de la razón. Ese mundo no significa otra cosa que un algo que resta cuando he excluido de los fundamentos que determinan mi voluntad todo lo que pertenece al mundo sensible, sólo para recluir el principio de las causas motoras al campo de la sensibilidad, limitándolo y mostrando que no lo comprende todo en todo, sino que fuera de él hay algo más; este algo más, empero, no lo conozco. Si de la razón pura que piensa ese ideal separamos toda materia, esto es, todo conocimiento de los objetos, no nos quedará más que la forma, a saber: la ley práctica de la universal validez de las máximas y, conforme a ésta, la razón, en relación con un mundo puro inteligible, como posible causa eficiente, esto es, como causa determinante de la voluntad; tiene que faltar aquí por completo el resorte, y habría de ser esa idea misma de un mundo inteligible el resorte o aquello a que la razón originariamente toma un interés; pero hacer esto concebible es justamente un problema que no podemos resolver.

He aquí, pues, el límite supremo de toda investigación moral. Pero determinarlo es de gran importancia para que la razón, por una parte, no vaya a buscar en el mundo sensible, y por modo perjudicial para las costumbres, el motor supremo y un interés concebible, sí, pero empírico y, por otra parte, para que no despliegue infructuosamente sus alas en el espacio, para ella vacío, de los conceptos trascendentes, bajo el nombre de mundo inteligible, sin avanzar un paso y perdiéndose entre fantasmas. Por lo demás, la idea de un mundo inteligible puro, como un conjunto de todas las inteligencias, al que nosotros mismos pertenecemos como seres racionales (aunque, por otra parte, al mismo tiempo somos miembros del mundo sensible), sigue siendo una idea utilizable y permitida para el fin de una fe racional, aun cuando todo saber halla su término en los límites de ella; y el magnífico ideal de un reino universal de los *fines en sí* (seres racionales), al cual sólo podemos pertenecer como miembros cuando nos conducimos cuidadosamente según máximas de la libertad, cual si ellas fueran leyes de la Naturaleza, produce en nosotros un vivo interés por la ley moral.

Observación final

El uso especulativo de la razón, *con respecto a la naturaleza*, conduce a la necesidad absoluta de alguna causa suprema del *universo;* el uso práctico de la razón, *con respecto a la libertad,* conduce también a una necesidad absoluta, pero sólo *de las leyes de las acciones* de un ser racional como tal. Ahora bien, es *principio* esencial de todo uso de nuestra razón el llevar su conocimiento hasta la conciencia de su *necesidad* (que sin ella no fuera nunca conocimiento de la razón). Pero también es una *limitación* igualmente esencial de la misma razón el no poder conocer la *necesidad,* ni de lo que existe o lo que sucede, ni de lo que debe suceder, sin poner una *condición* bajo la cual ello existe o sucede o debe suceder. De esta suerte, empero, por la constante pregunta o inquisición de la condición, queda constantemente aplazada la satisfacción de la razón. Por eso ésta busca sin descanso lo incondicional necesario y se ve obligada a admitirlo, sin medio alguno para hacérselo concebible: harto contenta cuando puede hallar el concepto que se compadece con esa suposición. No es, pues, una censura para nuestra deducción del principio supremo de la moralidad, sino un reproche que habría que hacer a la razón humana en general el que no pueda hacer concebible una ley práctica incondicionada (como tiene que serlo el imperativo categórico), en su absoluta necesidad; pues si no quiere hacerlo por medio de una condición, a saber, por medio de algún interés puesto por fundamento, no hay que censurarla por ello, ya que entonces no sería una ley moral, esto es, suprema de la libertad. Así, pues, no concebimos, ciertamente, la necesidad práctica incondicionada del imperativo moral; pero concebimos, sin embargo, su *inconcebibilidad,* y esto es todo lo que, en equidad, puede exigirse de una filosofía que aspira a los límites de la razón humana en principios.

Contenido

TÍTULOS DE ESTA COLECCIÓN

Diálogos I. *Platón*

Diálogos II. *Platón*

Diario de un Seductor. *Sören Kierkegaard*

Discurso del Método. *René Descartes*

El Amor y la Religión. *Sören Kierkegaard*

El Contrato Social. *J.J. Rousseau*

El Origen de la Vida. *A. I. Oparín*

El Príncipe. *N. Maquiavelo*

Ética Nicomaquea. *Aristóteles*

La República. *Platón*

Lecciones Preliminares de Filosofía. *García Morente*

Lo Bello y Lo Sublime. *Immanuel Kant*

Teoría del Conocimiento. *J. Hessen*

Tratado de la Desesperación. *Sören Kierkegaard*

Utopía. *Tomás Moro*

Esta obra se terminó de
imprimir en mayo del 2009 en
Programas Educativos S.A. de C.V.
Calz. Chabacano No. 65-A
Col. Asturias C.P. 06850 Méx. D.F.
Empresa certificada por el Instituto Mexicano
de Normalización y Certificación A.C. Bajo la
Norma ISO-9002:1994/NMX-CC-004 1995 con
el num. de registro RSC-048 y bajo la norma
ISO-14001:1996/SAA-1998, con el num.
de Registro RSGA-003